ライアン・ステック/著
棚橋志行/訳

燎原の死線(上)
Fields of Fire

扶桑社ミステリー
1670

本書が書かれることを、私が信じていないときにさえずっと信じてくれた、
私の親友であり父であり憧れの人であるジェイムズ・ステックに、本書を捧げる。

「私はモンタナに恋している。ほかの州に対しては称賛や尊敬や評価をしているし、愛着を抱くことさえあるが、モンタナに対しては恋であり、人が恋に落ちているときそれを分析するのは難しい」

ジョン・スタインベック『チャーリーとの旅』

「家とは、あなたが帰らなければならないとき受け入れてくれる場所である」

ロバート・フロスト『雇われ農民の死』

燎原の死線（上）

登場人物

マシュー・レッド——元海兵襲撃隊（米国海兵隊特殊部隊）

ジム・ボブ・トンプソン(JB)——牧場主。レッドの養父

エミリー・ローレンス——ナースプラクティショナー。レッドの元恋人

シェーン・ヘップワース——副保安官

アントン・ゲージ——実業家

ワイアット・ゲージ——アントンの息子。土地開発会社社長

ハンナ・ゲージ——アントンの娘。動物保護団体会長

ローマン・シェフチェンコ——ワイアットの護衛。ウクライナ人

ギャビン・クライン——FBI（連邦捜査局）。元海兵隊

レイチェル・カルプ——同上。クラインの上司

ステファニー・トレッドウェイ——同上。クラインの部下

ウィロウ——生物兵器の専門家

プロローグ

マシュー・レッドは死ぬことを恐れてはいなかったが、その前に何人か殺さねばならなかった。

襲ってくる銃弾のリズムに耳を傾け、弾が通過するたび撃ち手の意図を読み解く。

パン、パン……中断……二、三、四……パン、パン……中断……

弾は乾いた音をたてて頭上の空気を切り裂き、丸太小屋の後壁に激突した。衝撃のたび木から木煙（ウッドスモーク）が立ち上る。

やつは高いところを狙（ねら）っている。レッドは胸の中でつぶやいた。制圧射撃。おれたちを釘（くぎ）づけにしてそのあいだに仲間の接近を助けようという目論見（もくろみ）だ。

彼らの接近が目に浮かぶようだった。十人以上の部隊で、狙撃手（スナイパー）が見張りと制圧射撃を提供する。大きく広がって両側面から挟み撃ちにする作戦か……。いや、もっといい方法はトラックを盾に使うことだ。

自分ならそうする。

そうはさせない。レッドはウィンチェスターを握りしめたまま胸の中でつぶやいた。

また同じ射撃サイクルが繰り返された。パン、パン……中断。

レッドは動きだし、コンバットロールで小屋の扉口を通り抜けて夜の闇(やみ)へ転がり出た。玄関にシルエットが浮かばないようすかさず右へ旋回する。狙撃手は秒読みを始めており、レッドが何を試みようとしているか理解するにはつかのま時間がかかる。

射撃の間隔を変えなかったのが狙撃手の最初のミスだった。撃ち手が自分を見つけたとしても、狙いを下げて照準のレチクルにレッドをとらえるまでコンマ数秒かかる。まったく同じ場所に狙いを定めたことが狙撃手の二つ目のミスだった。

最後のミスにしてやろう。

レッドは立ち上がると、しゃがんだ姿勢で開けた場所を横切り、古いピックアップトラックの後ろに隠れた。体格に比して動きは速く、狙撃手がもう一発撃つ前に意図した場所へたどり着いた。

移動中、狙撃手の最初の犠牲になった首なし死体のそばを通り過ぎた。レッドの手は比喩(ひゆ)的な意味ではなく文字どおりその男の血にまみれていたが、いまはまだそこに考えを向かわせるときではない。ほかに優先すべきことがあった。

トラックの助手席側を小走りに進み、前部(フロントエンド)で足を止めて、角から慎重にその先をのぞいた。少しずつ顔を出していくと、月明かりの中、カービン銃の銃口がちらっと見えた。見間違いでなければ、M4だ。レッドはさっと頭を引き戻した。ウィンチェスターは長距離戦には向くが、接近戦では扱いにくい。レッドは時間をかけることなく頭の中で選択肢を列挙し、常識を覆す決断をした。

銃撃戦に文字どおりのナイフ戦を持ちこもう。

右手でケース社製の古い折りたたみナイフを握りしめ、ふたたびじわじわと前進した。カービン銃の銃口がぐっと近づく。撃ち手が何歩か前進して角を曲がろうとしたその瞬間……

レッドはしゃがんだ姿勢から体を起こし、相手に手が届く間合い、相手の飛び道具が役に立たなくなるところまで距離を詰めた。あごの下の柔らかな箇所に刃を突き立て、横へ薙(な)ぐ。カミソリのように鋭い刃が筋肉と腱(けん)と頸動脈(けいどうみゃく)、その間のあらゆるものを切り裂いた。

自由なほうの左手で拳(こぶし)を固め、致命傷を負った襲撃者の胸骨に突き入れると、戦術装備の内側に頑丈な小火器防弾プレート(SAPI)の感触を得た。この一撃で男は後ろへよろめいた。首から脈打つ血流を止めようと両手を回しているが、むなしい努力だ。

レッドがトラックの後ろへ戻って頭を引っ込めたとき、車両の反対側をまとまった数の弾丸が襲ってきた。レッドは最良の盾になるのがわかっている車輪の後ろにとどまってウィンチェスターを構え直した。

左側で、襲撃者がさらに二人、樹林帯を抜け出して反対側から小屋へ近づいていくのが見えた。自分たちの目的の達成に集中していて、レッドの位置には気づいていないようだ。

全方面へ神経を張り巡らせるべきときに視野狭窄（きょうさく）に陥るとは。レッドは胸の中でつぶやいた。大きな誤りだ。

先頭の男の中心部にライフルの照準を合わせ、そこで男たちがボディアーマーを着用していることを思い出した。レッドは頭を撃ち抜くために照準を上げ、引き金を絞った。

パン！　手の中でライフルが激しく反動し、男が倒れた。

レバーを素早く操作してもう一発撃ったが、すでに二人目の男は応戦のために伏射姿勢を取っていた。

レッドも地面に伏せ、身をくねらせながらトラックの前部へ戻っていった。銃弾が引き続き車のフロントフェンダーに浴びせられていたが、発砲のたび銃口に浮かぶ明るい黄色の閃光（せんこう）から、ほかの二人の位置を特定できた。弾は同じ場所から発射されており、本来なら撃っては移動し、跳ねたりパッと飛び出したりすべきところを、この撃ち手たちは自分の定めた位置から動いていない。

素人だ。

レッドは二人のうち近いほうに狙いをつけて弾丸を発射した。成果の確認を待たず、即刻トラックの車輪の後ろへ転げ戻る。

敵の弾はいま、彼のすぐ頭上にビュンビュン音をたてていた。今回は丸太小屋のわきの森から放たれていた。側面に回った二人のうち生き残っているほうが彼を釘づけにしようとしているのだ。何発かはレッドに届かず、土埃（つちぼこり）を舞い上げて、それが彼に降りかかった。撃っている男がレッドの居場所を把握しているのは明らかだが、狙いをつけるのには苦労しているようだ。

スプレー射撃をかけて偶然命中することを祈っている。鍛錬不足だ。

レッドは冷静を保ち、ウィンチェスターの鉄の照準器（アイアンサイト）を銃口の閃光に合わせて、息を吸い、ゆっくり吐き出しながら引き金に指を押しつけ始めた。

銃が一度、轟音（ごうおん）を響かせると、弾が飛んでこなくなった。

もう一人仕留めた、とレッドは胸の中でつぶやいた。あと一人。

何秒か、レッドに聞こえるのは自分の耳鳴りだけだった。敵の銃撃はやんだが、最後の敵が近くに潜んでいると確信していた。襲撃チームの援護射撃をしていた狙撃手だ。倒された仲間の失敗から学んだらしく、いまは待機に専念している。

一対一。

状況が別なら、レッドは勝算を見こんでいただろう。彼自身、訓練された殺し屋であり、ここ十年のほとんどを戦場で腕を磨くことに費やしてきた。だが、古いウィンチェスターには弾が一発しか残っておらず、ナイフで仕留められるほど相手が接近させてくれるとも思えない。

優位を取り戻す方法は、ただひとつ。

レッドはピックアップトラック前部の下へもぐりこみ、ナイフで倒した襲撃者の骸（むくろ）に向かって低い姿勢で這（は）い進み始めた。車の右前の角から四〇～五〇センチ離れたところにブーツを履いた足が見えた。男にたどり着くには姿をさらす危険を冒さなければならないが、狙撃手が自分の居場所を知っているならもう撃ってきているはずだと推論した。

気づかれないようゆっくり移動し、ブーツをしっかりつかめるところまでそっと近づき、同じように辛抱強く、身をよじりながら死んだ小柄な男を引きずって隠れ場所へ戻った。予想された銃撃は来なかった。

レッドは釣ったマスを引き寄せるときのように死体を引き寄せ、胴体を上へ探っていくと、襲撃者のＭ４に付いているナイロン製ウェブスリングの感触を得た。武器に手を走らせて点検した。真っ暗闇でも、一分あれば解体して組み立てられただろうが、その必要はない。銃身は冷たく、洗浄潤滑油〈ブレイクフリー〉のにおいがした。まだ一発も撃っていないのだ。

念のため、三十発弾倉のボタンを押して抜き、手に持って重さを量った。重い。フル装弾されている。

弾倉を込め直し、死んだ男のプレートキャリアを探っていくと、あと二つ弾倉が入った袋が見つかった。ひとつを取り出し、ジーンズの後ろポケットに押しこむ。六十発で戦いにケリをつけられないなら、いまあきらめたほうがいい。

最初にいた右前の車輪の後ろへ身をよじりながら戻り、少し時間を取って頭の中で戦闘空間を見直した。狙撃手の銃口の閃光が見えたおおよその場所は覚えているが、狙撃手がもう一発撃つまで正確な位置は推測するしかない。

それで問題はない。

しゃがんだ姿勢まで体を起こすと、前転して開けた場所へ出たところでパッと立ち上がり、樹木の境界線を目指して全力疾走した。

〝立つ、見つかる、伏せる〟（米軍で暗唱させられるフレーズ）

新兵訓練プログラムで叩きこまれたこの言葉は、敵が自分を見つけて狙いをつけ、発砲するのに三秒から五秒かかるという想定に基づいている。最後の一拍で体を平らに投げ出して丸太小屋のほうへ二度回転し、飛び起きて、また同じことを繰り返した。身をさらしてはいたが、たえず動いていて、けっして一直線には進んでいかないから、弾を命中させるのは難しい。

狙撃手は射撃を控えていた。レッドはジグザグに動き続け、立っては伏せる時間の長さを変え、撃ってきて自分の位置を教えてみろと敵を挑発したが、相手は誘いに乗ってこない。

そのあと、樹木の境界線へ最後のダッシュをかけようとしたとき、背後で遠い稲妻のような明るい閃光が走り、すさまじい震動が続いた。単なる音ではなく、超低音域(サブウーファー)の深い音のように全身の細胞を突き抜ける、触知可能な力だった。

何の音か知っていたから、暗然とした。

手榴弾(しゅりゅうだん)だ。

くるりと体の向きを変えて丸太小屋の入口と向き合った。中は真っ暗だが、開け放たれた扉の隙間(すきま)から煙と埃が押し寄せていた。

「いかん!」レッドは息をのみ、狙撃手に対して完全に無防備になっている事実も顧みず、扉に向かって駆けだした。

一歩目がまだ地面に着かないうちに、トラックの後ろから黒い人影が飛び出し、小屋の扉へまっすぐ向かった。殺人部隊で最後に一人だけ残っていた狙撃手が、隠れていた場所を離れてみずから目標に襲撃をかけることを選んだのだ。破砕性手榴弾でレッドが中に残してきた者たちを殺し、頑丈な古い小屋へ移動して、最後の戦いを挑もうとしている。

レッドはM4を構えようとしたが、男の動きは速かった。小屋の暗い内部へ一目散に飛びこんでいく。

男が発砲し、煙が二度ひらめいた。

その直後、レッドは入口の扉にたどり着いた。カービン銃を高く構え、射撃セレクターのスイッチを連射にセット。破壊された小屋の内部を見まわすことはしなかった。一メートルほど先に立っている男をぴたりと見据え、男がレッドの気配に気づいて体の向きを変え始めた瞬間、狙いを角度にして二、三度下げ、引き金を引いた。

銃口が跳ね上がり、防具に守られていない男の股間(こかん)を三発の弾丸が立て続けに切り裂いた。レッドが跳ね上がった銃の角度そのままでもう一連射すると、弾は男の腹部を縫い、三度目の連射が心臓を覆うSAPIプレートに穴を穿(うが)った。一連射ごとに男は後ろへ飛んだが、どうにか立ったまま持ちこたえていた。だがそれも、最後の一連射が顔面をとらえるまでだった。男は糸が切れた操り人形(マリオネット)のように倒れた。

レッドは念のため、煙を上げている武器をしばらく男に向けたあと、それを下ろして小屋内部の惨状を調べ始めた。

安堵(あんど)の吐息をつきかけたとき、背後から声がした。

「不死身の男、マッティ・レッド」

耳がジンジンしていたが、声はきわめて明白だった。レッドにはすぐ誰の声かわかり――夢にも思っていなかった人物だった――血管にアドレナリンがどっと流れ出てきた。

どういうことだ？　自分が致命的なミスを犯したことを知って、彼は胸の中でつぶやいた。いろんな考えが頭を駆けめぐった。できることはあとひとつしかない。

「何か言い残すことは？」

「チャンスがあるうちに殺しておくべきだった」レッドはそう言って、手に持ったカービン銃に目を落とした。体を回して銃を構える時間がないのはわかっていたが、一撃を放とうとする以外に選択肢はなかった。彼のＤＮＡにあきらめるという文字はない。この二週間、大変な思いをしてきた挙げ句、背中を撃たれるわけにはいかない。

そんな最期はごめんだ。

レッドは踵（かかと）を支点にくるりと体を回し、カービン銃を構えた。扉口で、月明かりにぼんやりと輪郭を浮かび上がらせている人影が見えた。鈍い黒色の拳銃（けんじゅう）が彼の心臓を狙っていた。

直後、暗闇の中に銃声がとどろいた。

1

カリフォルニア州キャンプ・ペンドルトン
二週間前

マシュー・レッドはバイキングの猛戦士(ベルセルク)のように三・六キロのフィスカース斧(おの)を振って重い木製ドアの蝶番(ちょうつがい)を叩き割り、ドアを勢いよく開けた。

「いけ！　いけ！　いけ！」とレッドは叫んだ。射撃部隊の最初の一人が開口部を通り抜けたところで、レッドは斧を片方の肩に吊(つ)り下げ、エイムポイント社製Ｍ68接近戦用光学照準器とＰＡＱ４赤外線レーザー照準器を装備したＭ４カービン銃を特大の手で握った。二人目の撃ち手がドアを通り抜け、レッドの番が来た。

しかし、彼がドア口を勢いよく通ったとき、けたたましい警報音がライフルの発射音をかき消した。頭上の照明がパッとともる。ドアの両側で海兵隊特殊部隊の十四人が足を止め、すぐさま武器を下ろした。

警報はすぐ鳴りやみ、電子的に増幅された声に置き換わった。「撃ち方やめ、撃ち方やめ、撃ち方やめ。武器を安全確保せよ」一瞬の間を置いて、「レッド！　おれの屋内射撃場（シュートハウス）を壊しやがって！」と声が言った。

レッドは頭上の狭い通路（キャットウォーク）をちらっと見上げた。射撃場安全責任者のベイカー軍曹は白髪まじりの二等軍曹で、右手で握りしめたメガホンで顔の一部が隠れていたが、レッドをにらみつけていた。部隊指揮官のペレス大尉が分隊長のミラー曹長と並んでRSOトラクターの横に立っていた。

武器がすべて片づけられたところで、ミラーが声をとどろかせた。「レッド軍曹、おまえのキットに重さ四・五キロの大ハンマー（スレッジ）が入っているのはなぜだ？　まだ背負う重量が足りないのか？」

レッドは長さ九〇センチほどのグラスファイバー製シャフトを特大の拳で握り、点検するかのように工具を掲げた。身長一九一センチ、体重一〇九キロの彼が持つと、まるで子どものトワリングバトンだ。「スレッジハンマーじゃありません、隊長（トップ）。薪割り鎚（スプリッティングモール）ですよ」彼は道具をくるりと回し、重い鋼鉄の頭を示した。「重さは三・六キロしかありません」

ペレスは咳払（せきばら）いで含み笑いを隠し、キャットウォークの手すりから身を乗り出した。

「よろしい、レッド軍曹。きみのキットに重さ三・六キロの鎚（つち）が入っているのはなぜだ？　なぜ指向性爆薬ではなく、それでドアを破った？　きみの積荷に爆薬が入っているのは理由（わけ）あってのことだ」

「われわれが受けた命令はウィロウを生け捕りにすることです。標的は部屋の中にいた。ドアを爆破するほどの威力があったら、殺してしまうかもしれない。キットに鎚を入れているのはそのためです」

「レッド軍曹？」

「はい」

「まさにそのとおり。見事だ」

「恐れ入ります」

ペレスはレッドを気に入っていた。この部隊に加わってまだ一年余りだが、並外れたイニシアチブを発揮している。印象的な体格から、典型的な猪突猛進（ちょとつもうしん）タイプ、筋肉ばかで頭は空っぽと思われがちだが、じつはきわめて頭脳明晰（めいせき）だ。スレッジハンマー——薪割り（まきわ）鎚、と彼は訂正した——を使った離れ業が、その証拠だ。一見、マッチョの行きすぎた示威行為とも見えるが、その背景には確固たる理由があった。

レッドは海兵隊で出世するだろう。天性のリーダーだ——部下を奮い立たせてついてこさせ、先頭から引っ張っていくタイプだ。欠点があるとすれば、超然とした印象を与えがちな点か。隊の仲間とはうまくやっているが、任務外で彼らと付き合うことはめったにない。おかげで、あまりトラブルに巻きこまれずにすんでいた。隊員の多くがわめき散らしたり、浴びるようにビールを飲んだり、女の尻(しり)を追いかけたりしているあいだ、レッドは自由な時間を鍛錬や、誰も知らないような格闘技の習得に費やして新たな課題を探していた。すでにレッドには二等軍曹に昇格する資格があったが、そのためにはどこか、おそらくは別の部隊に空きを見つけなければならず、レッドには別部隊へ移る気はさらさらなかった。

「もういちどやりますか?」と、ミラーが尋ねた。

ペレスは指揮下の隊員たちを見下ろした。全員がまだ荒い息をついて汗びっしょりだ。彼は首を横に振った。「かなり追いこんできた。本番のために力を残しておいたほうがいいかもしれない」

かなりというのは控えめな表現だった。一見、そうは見えないが、彼らはへばりきっていた。不屈の男レッドでさえ。彼らはこの三週間、任務に備えるために一日十四時間の訓練シナリオをこなしてきた。高高度降下低高度開傘(HALO)による目的地へのジャンプから、陸上での極秘接近まで、さまざまな不測の事態を想定したシナリオを。この九日間、まもなく襲撃することになる建物に似せて急遽(きゅうきょ)改築された第四十一区域の射撃訓練場で、彼らは延々と訓練を繰り返していた。

「本番の日はどんどん先送りされていく」分隊長が反論した。「これがわれわれの優位を守る唯一の方法なのです」

「刃物を研（と）げるのは鋼（はがね）があるうちだ」ペレスは手すりに寄りかかって、下へ呼びかけた。「よく聞け、諸君。きみたちはよく頑張ってきた。待機が続いてうんざりしているのはわかっている。信じてほしいが、わたしも同じだ。しかし、ゴーサインが出るまではここで待機する。チャンスは一度きりだ」

男たちからいくつか同意のうなずきが起こったが、「ウーラ！」の歓呼の声はなかった。この男たちは士気を高めるのに用いられるチアリーディングや胸叩きが必要ないくらい成長していた。彼らは〈海兵襲撃隊（マリーン・レイダース）〉だ。陸軍にグリーンベレーがあり、海軍にシールズがあり、空軍（エアフォース）には……まあ、何があるか知らないが……レイダースの存在により海兵隊は他軍を圧していた。

しかし、そのレイダースにもたまには休息が必要だ。

「荷物をしまえ」ペレスは続けた。「片づいたら、三十六時間の自由を与える。家に帰るもよし。睡眠を取るもよし。子どもを抱きしめ、その母親にキスしてくるもよし……まあ、彼らが許してくれたらだが。携帯電話は肌身離さず常時電源を入れておくこと。電話があったら三十分以内にここへ戻って活動を開始できるようにしておけ」

これは標準作業手順（SOP）からの逸脱だった。第一層（ティア1）の部隊は、作戦の安全保障上の理由で、任務の四十八時間以上前から外出制限（ロックダウン）がかかる。いつ出動命令が出るかわからないため、チームを束縛から解放し、たとえ数時間でも電子的なつながりを断つことには危険がともなう。

今回、隊員たちは騒々しい歓声をあげたが、それはとつぜんミラーが吠（ほ）えた命令によって断ち切られた。「なおれ、諸君」

つかのま沈黙が下りた。

ミラーは手すりから身を乗り出し、目を凝らしてレイダースの一人を選び出した。

「おまえに自由はない、レッド。おまえには特別任務を与える」

レッドはとまどって、ミラーを見返した。「隊長（トップ）？」

「荷物を片づけたら、例の派手なトラックに乗って、いちばん近い〈ホーム・ディーポ〉（日曜大工用品のチェーン店）へ向かえ。ベイカー軍曹に新しいドアを返してもらう必要がある」

2

ワシントンDC

午前中のこのくらい遅い時間だと、この貯水池の周囲を走るのも快適だ。ギャビン・クラインはそう胸の中でつぶやいた。真昼が近づくにつれ湿度は上がってきたが、この時間のマクミラン貯水池は独占状態に近い。首都にいるほかのみんなは空調の利いた小区画（キュービクル）であくせく働いている。これは別館のフレックス制で働ける特権のひとつだ。

本当の意味で非番だったことはない。クラインの知るかぎり、〈情報部〉の仕事は年中無休だ。銀行員の勤務時間に働く悪党はいないのに善人が働くべき理由がどこにあるのか？

仕事以外に人生があるわけでもない。最初は海兵隊員として、その後は連邦捜査局（FBI）の特別捜査官として、大切な人と大切なもの――彼の辞書に愛という文字はない――

を全部犠牲にして、国のために尽くしてきた。国内外で三十年間、アメリカの敵と戦ってきた。

その結果、わたしは何を得たのか？　彼はそう胸の中でつぶやき、めずらしく自己批判の思いに駆られた。

もう五十三歳で、もたもたしている暇はない。すべりだしは順調だった。海兵隊を退役したあとＦＢＩに転じて、海軍(ネイビー)シールズのチーム６に相当するこの局の特殊部隊〝フライチーム〟に入り、最終的にはその指揮に当たった。そこから昇進してテロ対策課(CTD)に異動し、その上級管理職、もしくはそれ以上へ向かう出世街道に乗っていた。少なくとも昇進は約束されていた。

その後、運命が変わった。ＣＴＤから情報部へ異動になり、心の師(メンター)が局のナンバーツーに昇格したらすぐ本部七階に机が用意されるという約束だった。ところが、彼の師(ラビ)とほか四人の幹部が死亡した飛行機墜落事故により、ＦＢＩの指導部は大きく変動した。あの約束とクラインのキャリアはその飛行機といっしょにきりもみ落下の憂き目に遭った。

クラインのキャリアが描く軌跡は職場の政治に押しつぶされ、彼はＤＣの中心から遠く離れた辺鄙(へんぴ)な場所へ追いやられた。毎日出勤してタイムレコーダーを押し、勤務三十年を迎えて高額の年金小切手が手に入るまでの日数を指折り数えている。

彼は頭を振って、自己憐憫（れんびん）の時間に幕を下ろした。まだ終わってはいない。絶対に。自分は終わっていない。

五十三歳は老けこむ年ではない。体調もまだいい。定期的に走っているからでもあるが、大半は、生まれながらにして運動選手のような筋骨たくましい体格とそれに見合った代謝量に恵まれたおかげだ。身長は百八十八センチですらりとしているが、その気になれば簡単に筋肉をつけられるたぐいの体でもあった。

もちろん、精悍（せいかん）な見かけと有酸素運動で出世の次の階段を上がれるわけではない。そのためには大きな勝利が必要で、ウィロウがそれになるはずだった。

ウィロウは暗号名（コードネーム）であり、この悪名高い生物兵器の専門家のことを彼らはこの名前でしか知らなかったが、ウィロウは五つの大陸の少なくとも六つのテロ組織とつながりがあり、それゆえ彼を——ひょっとしたら彼女かもしれないが——生きたまま捕獲することが肝要だった。

クラインは自分の立案した拉致（らち）捕獲作戦を前のフライチームと実行したかったのだが、新上司のレイチェル・カルプに却下された。ＦＢＩはフライチームをメキシコに派遣しない、と。

「政治的な問題がありすぎる」と彼女は言った。標的としてのウィロウの価値は彼女も否定しなかったが、それを海兵襲撃隊（レイダース）に押しつけたのは、うまくいかなかったとき責任逃れをしようという臆病者(おくびょうもの)の考え方だ。元海兵隊員のクラインはその決断に憤慨したが、レイダースが挑戦を受けて立つ気満々でいる点に疑いはなかった。

レイダース……

アップルウォッチの着信音が鳴った。発信者の身元と現在地を隠すためにリルートされてきた番号だが、その身元も現在地もクラインは知っていた。メキシコにいる昔なじみで、彼が最も信頼している連絡員(コンタクト)エルナン・バスケスからだ。

クラインはペースを乱すことなく腕時計の文字盤をタップして、耳に入れているエアーポッズに無線でつながっている電話を受けた。「どうぞ」

「十二時間後」

クラインに説明を受ける必要はなかった。この簡潔なメッセージがどういう意味か、正確にわかっていた。

バスケス自身から提供された情報に少なからず基づいてウィロウ捕獲作戦を展開する中で、クラインはウィロウがユカタン半島の遠隔地にある施設を頻繁(ひんぱん)に訪れているものと断定した。捕獲にうってつけの場所だ。この科学者が次にいつ訪ねてくるか、事前にわかっていればだが。

その情報をいまバスケスが教えてくれた。

だが、バスケスの話にはまだ先があるようだ。興奮していてしかるべきなのに、口調は険しかった。

クラインは足を止め、自由落下する貨物用エレベーターのようにはらわたがすとんと落ちる心地がした。「どうした、エルナン？」

長い沈黙が下りた。「何でもないのかもしれない、ヘフェイ（スペイン語でボスの意）」

「つまり、何かあるかもしれないということだ。言ってみろ」

「正確なところはわからない。ただ、嫌な予感がする」

クラインは並木に彩られた貯水池をさっと見まわした。誰もいない。少なくとも、声が届く範囲には。彼はシダレヤナギの下の日陰になったベンチに腰を下ろした。いずれにしろ、足が痛くなってきた。

「きみの情報か？」とクラインはうながした。「チャンスは一度しかないから、やつがそこへ行かない可能性があるのなら、われわれも行かないほうがいい」

「そうじゃなく」バスケスが言った。「これは確かな手がかりだ。ただ……なんだか、簡単すぎる気がする。誰かが手を回して、おれが聞くよう確実を期したみたいに」

クラインはその言葉を思案した。簡単な状況は疑いを生むのが常だ。ネズミ捕りのチーズのように。

他方、運がよくて簡単に思えただけという可能性もある。

この作戦が終了するまで、ペッツのキャンディみたいにタムズ（胸やけ用の薬）を口へ放りこみ続けることになるだろう、とクラインは思った。「きみの直感はどう言っている？」と彼は尋ねた。「見送れと言っているのか？」

「いや」バスケスは悩ましそうにまた間を置いてから言った。「こんなチャンスは次にいつ訪れるかわからない」

「なら、引き金を引くか？」と、クラインは質問を重ねた。

「うん（シー）。やろう、ヘフェイ。でも聞いてくれ。問題はおれの側にあるんじゃないかもしれない」

「どういうことだ？」

「六時の方向に気をつけろ、ということだ」

「きみもな、兄弟（エルマーノ）、まもなく鉄槌（てっつい）は下される」

バスケスは電話を切った。

「くそっ」とクラインはつぶやいた。そして額の汗をぬぐった。バスケスはこの道のベテランだ。最高の人材と言ってもいい。慎重さと大胆さのバランスが絶妙で、信頼が置ける。十二時間前にこんな爆弾を落としていくのはめずらしい。

それに、彼はクラインの質問をはぐらかした。「きみの直感はどう言っている？」という質問を。

むろん、わたしにも直感はある、とクラインは思った。そしていま、その直感はもつれている。

彼はランニングベルトからプリペイド式の携帯電話を取り出した。別館に持ちこんだことはない。防諜班が定期的にやってきて抜き打ち検査や保安点検を行うから、危ない橋は渡れない。防諜班が建物内の電話をすべて監視していることも知っていた。プリペイド式の携帯電話であっても、彼らの画面には闇夜のローマ花火のようにくっきり浮かび上がる。

しかし労働時間外のオフィスの外なら、まず問題はない。誰の耳にも声が届かない、ここであれば。彼は電話を開いて番号を打ちこんだ。

呼び出し音が二度鳴っただけで相手の声が応答した。

「すべてを中断して、わたしのためにしてもらいたいことがある」

「どうぞ」

「充分な時間はないし、成功率は高くないが、やってみてほしい」とクラインは言った。「やってのけられるとすればきみだけだ」と彼は言い、計画を説明した。

「約束はできませんよ」と返事が来た。「全力は尽くしますけど、最終的にはわたしの責任じゃないってことで」

「わかっている」とクラインは言い、通話を切った。

それから立ち上がり、プリペイド式携帯電話のＳＩＭカードとバッテリーを抜いて、貯水池に投げ捨てた。
あとは待つしかない。

3

カリフォルニア州

妻なし、子なし、犬もなし。

下手なカントリーソングみたいだが、マシュー・レッドにとっては天国だった。誰の人生にそんなごたごたしたものが必要だというのか?

そのうえ、歌に出てくる哀れな男とちがって、彼にはスーパースポーツトラックがあった。

黒瑪瑙（めのう）色の二〇二〇年型フォードＦ１５０ラプターだ。彼はこのラプターを、自分にいない兄弟のように愛していた。機械の猛獣、鏡に映った自分自身だ。すさまじいパワー、猛スピード、誰にも止められない。

実際、彼はほとんどの人間よりこのラプターを愛していた。

なんでも現金で買うよう育てられた彼は給料一年分余りの金額を支払ったが、それだけの価値は十二分にあった。彼に必要なものは単純で、ラプター以外に欲しいものはほとんどないと言ってもいい。兵役を三十年務めれば、退役後は海兵隊が面倒を見てくれる。退職基金口座など必要ない。長年市場を見てきた彼は、苦労して稼いだ金をウォール街という名のカジノに注ぎこむくらいなら、落下傘なしでＨＡＬＯ降下するほうがましだと思っていた。

そしていま、いかにもカリフォルニアらしい朝に、彼は人里離れた二車線の郡道を走っていた。青い太平洋の遠くに白い波がしらが立っている。特にどこへ行くという当てもなく、ただのんびり車を走らせているだけだ。自由に使える時間はまだ六時間残っている。窓を開け放ち、ラジオからはジミー・アレンの「グッド・タイムズ・ロール」が流れていた。

しかし、リズムに合わせて頭を揺らしながらも、頭の中ではまだ射撃訓練場の演習のことを考えていた。ペレス大尉がどんな変化球を投げてきても、すべてうまく打ち返すことができた。あの指揮官もレッドと同様、「訓練で汗をかくほど、戦闘で流す血は少なくなる」という古くからの教えを忠実に守っている。彼らはあらゆる事態に備えていた。

現実として大きな危険があるにもかかわらず、レッドは今回の任務に気持ちを高ぶらせていた。落下傘を着けてＨＡＬＯ降下し、なんの抵抗も受けずにウィロウを捕獲して、迎えにきたオスプレイ二機と落ち合い、メキシコ人が誰一人気づかないうちに国境の向こうへ引き返す。

つくづく、この仕事が好きだった。部隊以外のどこかに帰属感を覚えたことはない。それに、この仕事が得意だった。いや、正直、大の得意だった。

一般教育修了検定証書(GED)のインクが乾く前に入隊した。モンタナ州の松の木に覆われた花崗岩(かこうがん)の山々を後にし、一度も後ろを振り返らなかった。米軍の新兵採用学力試験(ASVAB)でも素晴らしい成績を収めたが、彼は最初から歩兵になりたいと思っていた。敵に戦いを仕掛ける兵士だからだ。三年半、戦地でそれを遂行した。レイダースへの入隊に狙いを定め、伍長(E-4)になるや、キャンプ・ルジューン(ノースカロライナ州)で海兵隊特殊作戦(MARSOC)コマンド準備コース(SOC)/選考・選抜講座を受講した。

候補者が自分の選択に疑問を抱くよう考案された三週間の講座を難なくこなし、それからまもなく、同じたぐいを繰り返す準備コースの第二段階に進んだ。〝最悪を受け入れろ〟が彼の信条になった。過酷な任務をやり通す精神的なタフさを身につけろ、という意味だ。

そんな一分一分を楽しんだ。

選考合格後の七カ月に及ぶ個人研修コースが本格的な楽しみの始まりだった。消火ホースからラッパ飲みするかのように技術と知識を吸収した。特殊作戦のほとんどでエキスパートになり、狙撃(そげき)技術、通信、情報、潜水、語学の高度な訓練を受けた。外国の武器に習熟し、ＳＥＲＥ、すなわち生存(サバイバル)、回避(イベイジョン)、抵抗(レジスタンス)、脱出(エスケイプ)の訓練課程に身を投じた。小部隊戦術を学び、火力支援と医療の訓練を受けた。情報収集も学んだ。彼の体格を見た教官たちはへこましてやろうと躍起になったが、彼は真の海兵隊方式で臨機応変に対応し、目の前に立ちはだかる障害をすべて克服した。

訓練が終了したとき、彼は海兵隊の仲間七十二名とともに誇らしげに立っていた。最初の百二十一人からそこまで減っていた。そのあとペレス大尉の部隊に配属され、フィリピンに十カ月間派遣された。

のんびりしている暇はないし、人間関係に割く時間などどこにもない。そもそも人間関係向きの男ではなかった。

心底大切に思った人は二人しかおらず、いまはそのどちらともつながりが切れている。まあ、ほとんどは、だ。養父のＪＢとは新兵訓練プログラムの修了以来、顔を合わせていなかったが、いまでもたまに話をしている。

いっぽう、エミリーは……

彼女のことを頭から追い出し、音楽のボリュームを上げてアクセルを踏みこんだ。

次のカーブを曲がったとき、道路わきの広い待避所にトヨタ・タコマ最新モデルのピックアップトラックが駐車していた。いや正確には、駐車しているのではない。車の後部がジャッキで持ち上げられ、左の後輪が消えていた。荷台に積まれている鮮やかな黄色いサーフボードが目を引いたが、思わず二度見したのは短パンにビキニトップという格好の、息をのむくらい美しい赤毛の女性だった。いらだちもあらわに両手を腰に当て、足元のスペアタイヤを見つめている。

レッドはまず、止まって手を貸してやるべきだと思った。煙が立つくらい彼女が官能的だったからではない……。魅力的な女性には警戒心を抱くのが常だった。経験上、そういう女性は美貌(びぼう)ゆえに特別あつかいされる権利があると思っているからだ。とりわけ、男性からは。今回の手を貸したい衝動は、入隊を決めたのと同じ場所から生まれていた。カウボーイの流儀だ。そんなふうにＪＢに育てられた。状況が同じで、困っているのが小さな老婦人だったとしても手を貸しただろう。

しかし、次に考えたのは任務のことだった。車を止め、やってきた別の車にはねられたらどうする？　ほかの誰かが来て彼女を助けることはできるが、部隊に自分の代わりが務まる人間はいない。

レッドは彼女を追い越した。

しかし、そんな理由づけはたわごとだ。タイヤの交換中に怪我(けが)をする確率より、州間(インターステイト)高速五号線の正面衝突で死ぬ確率のほうがはるかに高い。

「高慢ぶるな」彼はＪＢのしわがれ声でつぶやいた。

そしてＵターンした。

十五分後、レッドはフルサイズのスペアタイヤを所定の場所にボルトで固定し、パンクしたタイヤをサーフボードが置かれたタコマの荷台へ放りこんだ。

「なんてお礼を言ったらいいか」と、女性は言った。彼女はサミーと名乗った。トラックの運転席を開けて財布を取り出し、現金をつかむ。「お礼をさせて」

レッドは首を振った。「たいしたことじゃない。本当に」

彼女は笑顔で彼を見て、財布を元に戻した。「うちに携帯電話を忘れてくるなんて、ほんとに信じられない。ばかみたいでしょ。そんなときに限ってパンクよ。修理の仕方くらい知っていると思うでしょうけど――」

「こういうときのためにＡＡＡがあるんだ」と彼は返した。「もちろん、携帯電話を持っていなけりゃ、それも使えないだろうし」

「このまま帰らせるわけにはいかない。そろそろお昼の時間ね。ランチをおごらせて」

「いや、本当にいい。大丈夫だ。もう行かないと」

「ここから五分のところに、わたしが泊まっているＡｉｒｂｎｂ（エアビーアンドビー）があるの。ビールくらいおごらせてちょうだい。飲めるんでしょ？」

ビールの勧めはありがたいが、それがいい考えかというと、どうだろう？　一杯が二杯、三杯になることもある。

それにしても、このサミーには驚くばかりだ。根っから人が好(よ)さそうで、それだけでも警戒をゆるめるには充分だった。深緑色の瞳(ひとみ)の奥には紛うかたなき知性も宿っている。

「無理しないでくれ」彼は物憂げに言った。

彼女は首をかしげた。「あなた、軍人さん？」

この質問に彼は驚いた。ティア1(ワン)に属する特殊部隊の多くと同じく、レイダースでも身だしなみの基準は緩和されていた。むさ苦しくないよう整えているとはいえ、ふさふさのあご髭(ひげ)をたくわえているし、黒褐色の頭髪もあか抜けない丸刈り(バズカット)よりかなり長く伸ばしている。また、ほかの海兵隊員とちがって、Tシャツやバンパーステッカーで自分の所属を宣伝してもいない。「ああ、うん。つまり、おっしゃるとおり。海兵隊にいる」

「やっぱり。いつもわかるの。祖父が海兵隊員だったから。ベトナムで戦ったのよ。六八年にケサンの戦いで負傷した」

「彼に神のご加護を。いまもお元気で？」

「何年か前に亡くなった。枯れ葉剤が元で」彼女は肩をすくめた。「寂しくて仕方がないわ」

「お気の毒に」

「祖父がまだ生きてて、のどの渇いた海兵隊員にビールをおごらなかったら、雷を落とされちゃう。そう思わない？」彼女はまばゆいくらい真っ白な歯をのぞかせて、またにっこりした。「結婚してって言ってるわけじゃないのよ。ビールだけごちそうさせて。人に借りをつくったままだと後ろめたくて」

カウボーイは女性の好意に――ほかの誰の好意にも――つけこむものではないと、レッドはＪＢから教えこまれていた。しかし、彼女がビールをおごりたがっていることに疑いの余地はない。応じるのが作法かもしれない。逆に、応じなかったら失礼かもしれない。

レッドは腕時計を確かめた。基地に戻るまでまだ五時間以上ある。ビール一杯飲むのに、どれだけ時間がかかるというのか？

彼は肩をすくめた。「そうだな、おじいさんをがっかりさせるのも心苦しい」

彼女はパッと顔を輝かせた。「ありがとう。そうしてくれるとうれしい」彼女はピックアップトラックのドアを開けた。「後ろをついてきて」

彼女の引き締まった体が運転席にすべりこむのを見て、チクッと胸が痛んだ。これは自分が望んだことではない。男女関係を求めているわけじゃないし、一夜限りの関係にも興味はない。

誘われているのはビールだけだ。

ちがうか？

4

メキシコ

スコット・ミラー曹長は戦術輸送機C130ハーキュリーズの機内で通路を見つめ、無意識のうちに人数をかぞえた。

十三人とは不吉な数だ、と思った。迷信深い人間ではないが、左右平行に並んだ不ぞろいな列を見ながら、いつになく不安の思いをぬぐい去れなかった。

どこにいるんだ、レッド?

予定されていた帰着時間のわずか二時間前に呼び出しがかかり、そのときにはすでに部隊の半数以上が営舎に入るか、そこへの途上にいた。残りも三十分以内にやってきたが、レッドだけが来ていなかった。呼び出しの電話にも、その後の電話やメールにも返事がない。

通常の実戦部隊なら、ミラーはレッドを連行するためすぐに憲兵を出動させていただろうが、レイダースにそういう行動規範はない。彼らは大人であり、プロであり、ベビーシッターが必要なきかん気の子どもではない。レッドがやむを得ず足止めを食わされているのなら、それは何かあったということだ。マーフィーの法則は戦場と同じく国内の前線にも適用される。レッドはいずれ来る。ミラーはそうペレス大尉に断言した。あの男は自分たちを失望させたりしない。

しかしレッドは現れず、タイムリミットが迫る中、彼らはきわめて困難な決断を迫られていた。このまま作戦を続行し、レッドのUA、つまり無断欠勤を報告するか。どこかの溝で息絶えているのでなくても、UAとなれば、おそらく特殊部隊での経歴は断たれる。ペレスにもミラーにもいい影響はない。しかし、その副次的な影響には、ウィロウの身柄を確保したあと、後日対処することも可能だ。

ミラーはもういちど頭の中で任務の概要をおさらいした。くぐり抜けてきた訓練シナリオに比べれば、実行は簡単と思われた。少なくとも、夜のHALOジャンプとしては相当簡単な状況だ。どんな降下にも危険はつきものだが、高高度降下低高度開傘による潜入はマーフィーの法則に見舞われる可能性が断トツで高い。経験豊富なジャンパーでさえ、何の前触れもなく高山病や減圧症に襲われたりする。長時間の自由落下が反射神経を鈍らせ、落下傘を展開するとき、ほんの一瞬長くためらうかもしれない。開傘高度が低くなれば、わずかながらもミスを犯す可能性が残る。主落下傘が故障した場合、予備を開く時間がなくなるかもしれない。

この世に事故はつきものだ。海兵隊のモットー〝常に忠誠を(センパー・ファイ)〟の下にアドレナリンで震える手で〝事故は起こるもの〟と走り書きされていてもおかしくないくらい。

計算上、レッドの不在が任務に大きな影響を与える確率は高くないだろう。それでもこれは悪い前兆のような気がした。

本当にレッドが溝の中で死んでいたら?

ヘッドセットからかん高い音がし、「残り二分」と声が告げた。

ミラーは無用のうなずきを返し、この知らせを部隊に伝えた。「お嬢さんたち、ショーの始まりだ!」

エルナン・バスケスは道路わきでジープ・チェロキーの横に立っていた。暗視双眼鏡を目にぴたりと当てていた。ほとんど起伏のない田園地帯で、いまいる場所は一キロ弱向こうにある施設より一〇メートル高いだけだが、これが手に入る最高の見晴らしだった。

三時間前、トラックとSUVの小さな車列が敷地の中へ入っていくところを目撃した。それ以来、敷地内には何の動きもない。

敷地の外にも。

これからそれが変わる。

彼の肉眼では、地上へ急降下してくる小さな暗い影たちを確認できなかったが、やがて海兵隊レイダースの落下傘がパッと灰緑色の花を咲かせた。一人また一人と着地し、来たときと同じように、瞬(またた)く間に姿を消した。

掩護(えんご)し合いながら移動していく〝カバー・アンド・ムーブ〟の形で疾走していく彼らを、バスケスは可能なかぎり目で追った。彼らは幽霊のような動きで暗い敷地の端へたどり着き、中へと消えていった。バスケスは息を殺して破壊の猛威が炸裂(さくれつ)するときを待ったが、何も起こらない。銃声も、爆発音も。人工的な光の明滅さえ。

静かすぎる、と彼は思った。

数分が経過した。双眼鏡のモノクロ画面をのぞきこむ緊張で目が疲れてきたが、双眼鏡から目を離す勇気はなかった。静かだった画面にようやく動きがあった。幽霊たちが敷地を出て、野原へ駆け戻っていく。

幽霊は十四体、全員がそれぞれ五メートル以上の間隔を開けていた。

十四人で入り、十四人で出てきた。

捕虜はどこだ？　ウィロウはどこにいる？

バスケスは心臓が胃に落ちたような心地に見舞われた。

高まってくる恐怖を強調するかのように、遠くを飛ぶ航空機の鈍いエンジン音が静寂を破った。双眼鏡で地平線を調べていくうち、V‐22オスプレイの赤外線標識灯が見えた。メキシコのレーダーに映らないよう、地形追随飛行で進んでくる。オスプレイは飛行機でもヘリコプターでもなく、両方の機能を併せ持つ。巨大なツインローターを上方へ傾けることで大型ヘリのように垂直の離着陸が可能になるが、ひとたび空中に出てローターを前方へ傾ければ、二七五ノット(時速約五〇〇キロ)で飛ぶことができる――高度を高く取れば、いっそう速く。

接近するあいだに、二機の操縦士はバスケスが最後までそれと気づかないくらいよどみなくローターを傾けていった。一機が地上三〇メートルほどで静止して監視役を務め、そのあいだにもう一機が着陸し、レイダースが乗りこむ貨物用タラップを開いた。迷彩服の人影は背景とほとんど区別がつかないが、バスケスは彼らの動きから失望が伝わってくる気がした。作戦は失敗だったのだ。

海兵隊員たちと同じように自分もこの場を離れ、物陰に身を潜めるべきだとわかってはいたが、双眼鏡に目を凝らし続けて希望のかけらを見いだそうとした。レイダースはウィロウを連行しに施設構内へ戻る前に航空機に集結し直し、重要な物理的情報を手渡しているのかもしれない……

しかし、最後の一人が乗りこんだとたん、エンジンの脈動が大きくなり、オスプレイはふたたび空へ上昇を開始した。帰っていく。間違いない。

とつぜんまばゆい光がひらめき、ギザギザの爪（つめ）のようにバスケスの目をひっかいた。反射的に顔をゆがめ、双眼鏡を目から離した。手遅れだ。すでに害はなされていた。視界を長い緑色の筋が横切ったが、それ以外は真っ暗だった。しかし一瞬ののち、空中に静止していたオスプレイが火の玉と化して夜空を明るく照らした。

ほぼ同時に携行型ロケット弾（RPG）の炸裂する轟音が耳に届いたが、それも直後に続いた航空機が破壊される雷鳴のような音に比べれば何ほどのものでもなかった。燃える破片が降りそそぐ中、野原の遠いところからさらにロケット弾が二発飛んできて、もう一機のオスプレイが地上を離れる間もなく機体を貫いた。

バスケスは後ろへよろめき、ジープのボンネットを片手で探った。

「嘘（うそ）だ」と彼はつぶやいた。「嘘だ、こんな、あり得ない！」

〝簡単すぎる気がする〟と、彼はクラインに言った。〝誰かが手を回して、おれが聞くよう確実を期したみたいに〟

なぜ自分の直感を信じなかったのか？　ウィロウが罠（わな）を仕掛け、それにみんながはまったのだ。海兵隊員十四人が死亡した。きっとおれの正体もばれている。

その認識が稲妻のように彼を貫いた。ここを離れなければ。

しかし、ドアのハンドルに手を伸ばしたとき、周囲に動きを感じた。革ホルスターの拳銃に手を伸ばしたが、蓋（ふた）を開ける間もなく何かが後頭部に激突し、そのまま意識が遠のいた。

5

モンタナ州ウェリントン

アナスタシア・ペトリクはモンタナ州を蔑(さげす)んでいた。アメリカのシベリアだと思っていた。

シベリアに行ったことはない。夫のビクトルと生物研究施設(バイオリサーチ)の仕事に就くまで、オデッサ（ウクライナ南部の港湾都市）から出たことすらなかったが、年老いた祖母(バブーシャ)から子どものころの話を聞かされていた。祖母はソ連の支配下で育ち、シベリアの荒野の凍(い)てついた収容所へ追放される脅威にたえずさらされていたという。たしかにモンタナによく似ている。

もちろん、国外追放されてきたわけではない。彼女とビクトルは自分たちの意志でここへ来たし、それどころか、雇用主からは破格の報酬を得ていた。ただ、自分の思っていたアメリカとはちがった。彼女はバーカウンターに片肘(ひじ)をついて目の前のショットグラスを見つめながら、そう思った。ナイトライフはどこにあるの？　レストランや小売店は？　車で一時間以上かかるボーズマン（モンタナ州南西部の人口六万弱の町）でさえ、選択肢はかなり少ない。スティルウォーター郡（人口約九千）のウェリントンは、風光明媚な僻地のちっぽけな町にすぎない。偶然か口コミでしか見つけられないような場所だ。ここで生き残ったわずかな商売は、地域に根ざした営みをできるかぎり続けている現状に満足していた。この町が提供できるものと言えば、アウトドア用品店が二軒とこの〈スペイディーズ・サルーン〉くらいだ。

〈スペイディーズ〉は地元の人気店と、人づてに聞いた。ウイスキーが美味しく、ステーキは新鮮で、旅人はめったに来ない。最後のところがなぜプラス要因なのか、アナにはよくわからなかったが、少なくとも最初の二つは話に聞いたとおりだった。

〈スペイディーズ〉……古風としか表現のしようがない店だ。丸太でできた壁の高いところから、ハイイログマや、エルク、ムース、シカなど狩りで仕留められた埃まみれの大型狩猟動物の頭部が、ウクライナ人二人を含む眼下の酔っぱらった人間たちの犯罪を裁く、虐殺された証人たちの陪審のように、彼らをじっと見つめている。サラウンド音響システムにつながった古いジュークボックスから流れてくるのは、おもに、ハンク・ウィリアムズやジョニー・キャッシュ、たまにジーン・オートリーといったカントリー・アンド・ウエスタンの名曲だ。

彼女とビクトルはテーブルが空くのを待たず、背の高いバーカウンターの前に腰かけることにした。ひなびた土地にもかかわらず、この金曜の夜はかなり賑わっていた。三ドルで飲める、店でいちばん安い酒のおかげだろう。そのドリンクをアナとビクトルはもう何杯も飲み干していた。

ビクトルも言っていたが、彼らにはご馳走にありつく資格があった。

十一カ月間ぶっ続けで仕事を続け、ようやく一週間の休暇を認められ、これを逃してはならないとひっつかんできた――遅れに遅れた新婚旅行だ。そして今夜は二人が自由に過ごせる最後の夜だった。明日からまた身を粉にして働くことになる。

休暇は堪能したが、仕事が頭から離れることはなかった。愚痴をこぼしながらも、じつはプロジェクトの虜になっていた。仕事は刺激的で、世界に大きな変化をもたらすことが約束された最先端の研究であり、成功に立ちふさがる障害があといくつか残っている状況を自分たち個人に対する侮辱のようにも感じていた。研究室で取り組んでいる課題の話を最初に持ち出したのはビクトルだった。

アナは緊張の面持ちでさっと周囲を見まわした。「気をつけてよ」と彼女は注意した。「誰に聞かれるかわからないんだから」

ビクトルはアナの言葉を拒絶するように手を振った。「自分の言葉さえ聞こえないくらいの喧騒だ」叫び声に近い大きな声だったが、彼が自分たちの母国語であるウクライナ語に切り替えたことにアナは気がついた。このあと、大量のアルコールで舌がゆるんだビクトルは、二人が秘密厳守を誓っている話題について語り始めた。アナスタシアは首の後ろの毛が逆立つ感じがした。ドアから吹きこんでくる冷たい風のせいかもしれない。五月の中頃だというのに、外には雪がちらちら舞っている。

「ビクトル、人前でこの話をしちゃだめよ」

彼女の夫は充血した目をすっと細めた。「どうして？　ぼくらの言葉は誰にもわかりやしない」彼は呂律(ろれつ)の回らない舌で言い、言葉はシロップのように口からにじみ出てきた。

「機密保持規定に違反している。厄介なことになるのは嫌よ」研究室の内外を問わず、夫婦のうちで慎重なのはいつも彼女のほうだった。賢いのも彼女のほうだ。めまいがするくらい素早く部屋を見まわすと、白い口髭を生やした老カウボーイと目が合った。

男はきまり悪そうに目をそらした。

それとも、後ろめたかったのか。

彼女は顔を紅潮させた。

「ビクトル――」

「もう一ラウンドやるか？」

「帰ったほうがいい」

「運転できるかな。その前にコーヒーでもどうだ？」

彼女は眉(まゆ)をひそめ、顔を小さく動かして老人のほうを示した。男はボックス席から立ち上がり、杖(つえ)をついてテーブルの上で札を数えていた。

何が妻をそんなに警戒させたのかと、ビクトルがスツールの上で体を回した。

「で？」

「あの男よ。わたしたちの話を聞いていたと思う」

「話を聞いていた？　そこらのまぬけなカウボーイにウクライナ語がわかるとでも？」

アナスタシアはすっと目を細めた。「もし、わかったら？」

「あり得ない！　あの男は日がな一日、牛に話しかけているんだし、モンタナにウクライナの牛はいない。妄想はやめろ」

アナスタシアが見守るうちに老人はドアから出ていった。「お勘定して」

「どうして？　コーヒーを飲みたいのに」

彼女は英語に切り替え、「お勘定して(ベイ・ザ・ビル)」と言って立ち上がった。

「どこへ行く？」

彼女は夫の言葉に取り合わず、ジュークボックスへ向かってプレイリストを調べるふりをした。しかし、その実、窓の向こうを盗み見していた。老人がおんぼろの古いフォードF250にたどたどしい動きで乗りこむところが見えた。しばらくして彼は携帯電話を耳に当てた。彼女の鼓動が速くなってきた。

ビクトルが彼女の肩に手を置いたとき、彼女は飛び上がりそうになった。「この音楽が好きなわけじゃないだろう?」と、彼はウクライナ語で訊いた。酔ってはいても、現地の音楽に対する侮辱の言葉を地元の人たちに聞かれるのはまずいと心得ていた。

「見て」と、彼女は窓の向こうを指さした。フォードのトラックが駐車場から出ようとしていたが、まだ老人の姿は見えた。ステットソン帽のつばの下に携帯電話を押し上げている。

「何だ? またあの爺さんか?」

「繰り返すけど、彼はわたしたちの話を聞いていた。そして理解していた」

「まさか」

彼女は夫の腕をつかんだ。「わたしが正しかったら?」

ビクトルはつかのまその質問に考えを凝らし、表情からたちまち酔いがさめていった。「通報しないと」

「わたしが運転しているあいだに電話して」夫より酒に強い彼女が運転を引き受けるのは道理にかなっていた。しかし、運転したかった本当の理由は、電話をかけるのが怖かったからだ。この機密保持違反が何の結果も招かないとは思えない。

二人はガラス戸を押し開けて、冷たい風の中へ足を踏み出した。さっきは小雪が舞っていただけだが、いまはもう氷の破片に顔を突き刺される感じがした。アナは運転席に乗りこみ、ビクトルが会社の緊急直通電話の番号を押し始めた。電話がつながるのを待つあいだ、アナは、やはり自分がかけたほうがよかったかもしれない、と思った。飲酒運転が危険なのは確かだが、ビクトルがへまをやらかし、ひと言でもまずいことを口にしたら……二人とも命はない。

6

カリフォルニア州

マシュー・レッドは昏々と眠りこんでいた。

少なくとも、太陽の光が顔を温めるのを感じるまでは。その感覚から、なんとなくだが、いま目覚めかけたばかりのような気がした。

頭は動きだしたが、まぶたを開こうとしても開くことができない。疲れきっていて……

「くたびれてできないことなんてない」とJBは言い、毎日、たとえ日曜日でも、夜明け前に彼を叩き起こして牧場の仕事をさせた。

十一歳の子どもには厳しい試練のような気がしたが、この規律は彼の役に立った。だったら、なぜまだ目を閉じているんだ、海兵隊員？

暗い井戸へするりと逆戻りしそうな感じがした。忘却の一点へ心が狭まっていく。

疲れきって……

「ふざけるな」と彼はつぶやいた。

横たわったまま手のひらで顔を押さえ、目をこすっていくうち、どうにか目を開けることに成功した。目をしばたたかせたが、つかのま焦点が定まらなかった。視界がぼやけ、日の光も頭蓋骨（ずがいこつ）の中で轟音をたてている頭痛のためにはならなかった。

ぼんやりした視界の中に、ゆっくり回っている天井の扇風機（ファン）が見えた。

ここはどこだ？

しょっぱいにおい、女性的な、嗅（か）ぎ覚えのあるにおいがした。

女。あの女だ。彼女の顔、赤銅（しゃくどう）色の髪、深緑色の目が浮かんだ。

名前は？　サンドラ？　いや、サミーだ。

切れぎれに記憶が戻ってきた。小さなビーチハウス。サミーの借りたＡｉｒｂｎｂだ。

彼女の車のあとをついていき、彼女の招きに応じたが、ビールは断った。「水でいい」と主張した。「もうすぐ出勤なんだ」

運用上のセキュリティ（OPSEC）を考えれば、たぶんそれは言うべきでなかったが、ビールを断る理由としては、それが考えつける最も礼儀正しい方法だった。

「コーラは？」

「コーラでもいい」彼は一歩譲った。「ジャックダニエルを垂らさないかぎり」

彼女は冷蔵庫から缶のコーラを取り出し、氷を入れたグラスにそそぎ入れた。缶から直接飲んでもよかったが、まあいい。

そのあと……どうした？

記憶を引き上げることができない。

「待った。いま何時だ？」

枕（まくら）の上で頭を回して、手首を顔に近づけるのがやっとだった。ぼんやりとGショックの表示が見えた。

午前八時三十七分。

パニックで血管にアドレナリンが放出され、頭痛は消えなかったが頭ははっきりした。

「やばい」

ベッドから転げ落ちたが、片肘をついて身を起こし、まだ服を全部着たままであることに気がついた。

「電話は？　どこだ、おれの——？」

寝室のドアがパッと開いた。

迷彩服を着て耐衝撃（バンプ）ヘルメットをかぶった筋骨たくましい男が三人、部屋へ飛びこんできて、レッドのかすむ目が半自動拳銃（セミオートピストル）と判断したものを誇示した。
アドレナリンの二度目の刺激で意識がほぼ完全に覚醒し、ひとつの考えが頭をよぎった。

暗殺部隊か。

ふらつく足で、ドアを通り抜けてきた先頭の男にまっすぐ突進した。おれを殺す気なら、一人くらい道連れにしてやる。これは理性的判断ではなかった。本能だ。殺戮（さつりく）本能だった。

レッドの突進に驚いた先頭の男は引き金を引くのをためらった。

大きな間違いだった。

鉄床（かなとこ）のようなレッドの拳を顔面に食らって、男は後方へ吹き飛び、ほかの二人に激突して、彼らはドアを通り抜ける前に渋滞に陥った。

レッドは先頭の男のあご下にもう片方の拳を振るい、上下のあごがガシャッと閉じた。歯が折れた男は血まみれの口からうめき声をあげた。

だが、あとの二人がラグビーのスクラムに加わろうとするかのように前へ突進した。一人がレッドの腰に大きな腕を巻きつけ、もう一人が携行武器（サイドアーム）のグリップの底をむきだしの頭に振り下ろした。動きを止められていたが、頭を引っ込めて直撃を避けることには成功し、痛みは覚えたものの昏倒（こんとう）は免れた。それどころか、この一撃はむしろ逆効果になった。怒りという燃料を手に入れたレッドは下へ手を伸ばして、自分をつかまえている両腕をむんずとつかみ、ベルトを引き抜くようにあっさり引きはがした。相手の両手首をつかんだまま体を回転させて相手を根こそぎ振り回し、もう一人に激突させた。二人の頭蓋骨がぶつかってゴツッと大きな音がし、そろって部屋の反対側へ吹き飛んだ。

次の瞬間、四人目の男が部屋へ飛びこみざま武器を発射した。

先端に棘の付いた投げ矢のような発射体が二本、レッドの広い胸をとらえ、釣り針のようにそこにとどまった。次に何が来るかはわかっていたが、ワイヤーを払いのける間もなく五万ボルトの電流が彼を貫いた。

一度だけ痛撃が走り、全身が激しく痙攣した。ばったりと倒れ、堅木張りの床に激突した。頭蓋骨が割れるのを妨いでくれたのは、一枚の模造羊皮だった。

筋肉の緊張が解ける間もなく、二度目のパルスが襲った。体脂肪が八パーセントしかないレッドに、衝撃を和らげるものはなきに等しい。なおも痙攣を続けながら、レッドは力強い手にひっくり返されるのを感じた。別の男が優しさのかけらも見せず、レッドの背骨に膝を押しつけ、両腕を背中に回してフレックス手錠をかけた。

「なぜこんなことをする?」と言おうとしたが、まだ筋肉の震えが収まらないうえに、模造羊皮に口をふさがれていたため、理解不能の言葉になった。

「おまえを逮捕する」男はそう言うと、息からすえた煙草（タバコ）のにおいが嗅ぎ取れるくらいレッドのそばへ顔を寄せた。「反逆者（トレイター）として絞首刑に遭うがいい」

7

気を失っては目を覚ますという状況をひと晩じゅう繰り返していたため、レッドはあまり眠れていなかった。営倉の硬い簡易ベッドが助けになるわけもない。肋骨の打撲や、手荒い扱いという形で憲兵から受けた殴打まがいもだ。テーザー銃の電流を浴びて激しく収縮した筋肉に痛みが残っていた。銃弾を浴びるよりましとはいえ、あの瞬間にはそうは思えなかった。

かなり痛いのは確かだが、母親が何年にもわたってトレーラーハウスに引きずりこんだばかどもや薬漬けの男たちから受けた仕打ちはもっとひどかった。

その考えは頭から追い払った。さいわい、子ども時代の記憶、ＪＢに引き取られる前のそういった記憶が甦ることはめったにない。

疲労困憊、空腹、そして痛み。彼の体は眠りを求めていた。しかし、心はそれに応じようとしない。〝反逆〟というのは生半可な言葉ではない。告発されたら、刑務所で一生暮らすことになりかねない。いや、もっとひどいかもしれない。レッドにとって〝反逆者(トレイター)〟は英語の中でおよそ最悪の言葉だった。それ以上にひどい言葉はない。臆病者でさえ及ばない。男は戦いに敗れることもある。脳の化学反応や、いかれた神経、何にやられるかわからない。どんな勇敢な男でも、不適切な状況下では臆病になりかねない。そんな状況を彼は見てきた。

だが、反逆には選択が必要だ。自分や仲間が戦い、血を流し、ときには死さえ厭(いと)わず勝ち取ろうとしたすべてに背こうという決断が。許されない罪だ。

その罪で彼は告発された。

自分に何が起こったのか、誰も教えてくれなかった。窓のない部屋では、時刻すらわからない。だが、この告発の背景に何があるか、彼はうすうす感じていた。

まずいことが起こったのだ。

部隊がゴーサインに従ってウィロウの捕獲に向かった……そこでとんでもないことが起こったのだ。

それ以外のどんな理由で反逆罪の告発を受けるというのだ？

簡易ベッドに横たわったまま、状況が行き詰まって部隊の仲間たちが殺されるシナリオを何千通りも想像した。吐き気がした。疲労に負けて眠りこんだときも、自己嫌悪に喉(のど)をつかまれ、またハッと目を覚ました。

サミー。

あの女に薬を盛られたのだ。間違いない。

そのあとは？　洗いざらい話してしまったのか？　任務のことを？　作戦の詳細を？

SEREの訓練課程で学んだことがあったとすれば、それは、人はいずれ話してしまうということだ。特に、得体の知れない薬品の影響を受けた状況では。

任務によくないことが起こったのだ。おそらく誰かが命を落としたのだろう。

おれはそこにいるべきだったのに。おれがいたら救えたかもしれないのに……

罪悪感が発する声を黙らせようとした。最悪の恐怖に逃げこむのはやめろ。〝恐怖は心を殺すもの〟だ。

SF小説『デューン　砂の惑星』で読んで以来、このフレーズがお気に入りだった。恐怖は動物と人間を分かつ性質だ。動物は罠から逃れるために自分の足を嚙(か)みちぎるが、人間の場合、少なくともあの小説に出てくる神秘主義者たちの定義によれば、恐怖は状況を悪化させる。

心を切り離せ。感情的になるな。

しっかり観察して、正しい方向を向き、判断を下して、行動しろ。

しかし、本当にまずいことになったのだとしたら？　おれがいなかったせいで、とんでもない惨事が起こったのだとしたら？

また罪悪感に襲われた。何があってもそこにいなければいけなかったのに。硬いベッドで仰向けになって、目を閉じ、すべてを忘れようとした。しかし、できなかった。

さざ波のように押し寄せる悪夢にふたたび彼はのみこまれた。

軽量コンクリートブロック造りの取調室は営倉のほかの部分に劣らず質実剛健だった。そんなことが可能だとしてだが、さらにいっそう面白みに欠けていた。モップをかけたばかりの床はまだ濡れていて、古いパインソル（松根油を使った洗剤）が刺激臭を放って鼻をつく。レッドは部屋の真ん中に置かれたテーブルの前に座らされ、テーブルの真ん中にある固定金具（アイボルト）に手錠が鎖でつながれていた。

大隊指揮官のオルソン大佐が海軍士官の白服を着たアジア系とおぼしき背の低い中年男性を連れて部屋に入ってきたとき、レッドは習慣から立ち上がろうとした。わきを固めるSPの一人が脚の後ろに椅子を押しこんだ。「座っていろ、裏切り者」と男は吠えた。

オルソンともう一人が近づき、レッドの向かいに座った。まず海軍士官が口を開いた。「軍曹、わたしは法務官部隊（JAG）のキム中佐だ。きみの裁判を監督する。始める前に、軍事司法統一法典（UCMJ）第三十一条に基づく権利について助言する必要が――」

「自分の権利は知っています」レッドはゆっくりと返した。

キムの口元がピクッと動いた。笑みを浮かべたのかもしれない。そこでキムは手を伸ばし、目の前に置かれた小型録音機のスイッチを入れた。名前と場所と日付を読み上げ、レッドに目を向けた。「弁護士を立てたいか?」

「代理人の必要はありません。弁護が必要なことは何もしていないので。愚かだったかもしれないという一点を除いては」

「自分で自分を弁護する者は愚か者の代弁をすることになる」とキムは言った。「エイブラハム・リンカーン」

「実際にリンカーンがそんなことを言ったという証拠はない」とレッドは反論した。「しかし、こう言ったのは確かです。『いかなる場合にも正直であろうと決意しなさい。そして、あなた自身の判断で正直な弁護士になれないのであれば、弁護士にならずに正直でいることを決意しなさい』」

オルソン大佐が前に身を乗り出した。「本当にそれでいいのか? きみはいま大変な状況に陥っている」

レッドはうなずいた。「何も間違ったことはしていません。誓って」

オルソンは眉を吊り上げてこれを受け入れたが、言葉は発しなかった。

その沈黙をキムが埋めた。「レッド軍曹、きみは部隊の仲間たちが重要な作戦に従事しているときに無断欠勤（UA）した。きみの取った行動について説明してくれないか？」

「UAではありません。少なくともみずから選んでそうしたのではない。最初の陳述で申し上げたとおり、車で自宅へ向かっている途中、道端に若い女性がいて、車のタイヤがパンクしていた。助ける必要があると思い、そこで止まった」

「女性の名前はサミーだったな？　名字は？」

「記憶にありません」

「彼女とは初対面だったのか？」

　レッドは大佐をちらりと見た。オルソンはこれまで出会ったどの海兵隊員より問題解決能力に秀でていた。基地内のどの士官より落下傘降下の経験が豊富で、六度の戦闘遠征で海軍殊勲十字章をひとつとパープルハート勲章（名誉戦傷者勲章）二つを含む数々の栄誉を授けられていた。その道のりのどこかでケンブリッジ大学の歴史学博士号も取得した。オルソン大佐が地獄の入口への突撃を率いるなら、レッドを先頭に第一師団全体がその後ろに続くだろう。オルソンへの称賛ゆえに、この大佐の澄んだ緑色の瞳に浮かぶ冷ややかな視線は彼を萎縮（いしゅく）させた。その目に侮蔑（ぶべつ）と憐（あわ）れみが混じっているような気がして、レッドはそのどちらにも耐えられなかった。

「はい、そうです」とレッドは続けた。「あの女を見たことは一度もなかった」

「しかし、きみは見知らぬ人間のタイヤを交換するために車を止め、自分の部隊全員を危険にさらしたことになる。そんな話をわれわれに信じろというのか？」

「あなたに何かを信じさせることはできません。本当のことを言うしかない。彼女の車はパンクしていて、助けが必要だった。めったに車の通らない道だった。あれは正しい行動だった」

キムは肩をすくめた。「残念ながら、その〝サミー〟という女がいた形跡はどこにも見当たらない」

そう聞いてもレッドは驚かなかった。「あのAirbnbは――」

「きみの名前で借りられ、支払いにはきみのデビットカードが使われていた。部隊のみんながきみの罠にはまっているあいだ潜伏しているのに格好の場所だと、きみは思ったのだな」

やはりそうか。レッドが最も恐れていたことが確かめられた。彼は椅子の上でもがき、鎖をジャラジャラ言わせた。「みんなはどうなったんだ？」

「ここで質問するのはきみではない、軍曹。わたしだ」キムが険しい表情で言った。「きみの仕事はそれに答えることだ」

レッドはオルソン大佐をちらっと見た。法務官部隊（JAG）の法律家とちがって、オルソンは戦闘士官だ。レッドの気持ちを理解している。レッドは任務と部隊がどうなったか話してくれと大隊長に無言で懇願したが、返ってきたのは冷たい視線だけだった。

「つまり、所在不明の女性のパンク修理を手伝うために車を止めたと、きみは主張するのだな」と、キムは続けた。

「そうです」

「そのあと、家に向かわなかったのか？」

「はい」

「なぜだ？」

「彼女がビールをおごりたいと言ったので」

「彼女宅で？」

「はい」

「これは……正午ごろの話だな？　その時間にビールを飲むことがよくあるのか、軍曹？」

「ビールは断りました。代わりにコーラを飲んだ。正直、ああいう女性にノーと言うのは難しい」彼は投げやりな笑みを浮かべた。

「つまり、女と寝たかっただけなのか？」

「わかりません。かもしれない。いい女だった。祖父がベトナム戦争時に海兵隊員だったと言っていた。かなりしつこく勧められた」

「それから？」

「彼女がコーラを注いだ。座って話をし――」

「話をした？　どんな？」

　レッドは口をすぼめた。サミーと話をしたのはわかっているが、交わした会話はすべて夢の中の出来事のようだった。「覚えていません。二人でコーラを飲んでいて、気がついたときは彼女のベッドで目を覚ましかけていた」

「ほかに何か覚えていることは？」

「いえ。何も。気を失ったことさえ覚えていない」

「何をほのめかしているんだ？　その謎の女に薬を盛られたとでも？」

「それ以外に説明はつかない。誰かの手で映画の大半が編集されたみたいな感じだった」

「きみの話の時系列が正しければ、きみの〝映画〟の二十時間ほどが」と、キムは言った。「しかし、おかしなことがある。連行されたあと、きみは尿検査を受けた。毒性スクリーニングできみの体内からは何も検出されていない。薬物も、アルコールも」

「しかし、薬を盛られた可能性はある」

「エイリアンに誘拐された可能性もあるが、それは疑わしい。もういちど言おう。薬物検査の結果、きみの体内に薬物を示すものはなかった」

尋問が始まってから初めて、レッドは心底とまどった。「では、なぜわたしは何ひとつ覚えていないんです？」

「教えてもらいたいのはこっちだ」

「何ひとつ覚えていないのに、なぜ何も覚えていないのかを説明できるわけがない」

キムは憐れむような笑みを浮かべて、かぶりを振った。「軍曹、自分のしている話がちゃんと聞こえているのか？」

レッドの望みは断たれた。いったいおれの身に何が起こったのか？

キムは鼻からフーッと息をついて緊張をゆるめた。金属製のテーブルにもたれかかり、小さく歯をのぞかせた。「何が起こったか、わかった気がする、軍曹。サミーという人物はいたのかもしれない。しかし、きみが道路わきでその女を見つけたとは思えない。どこかのバーで出会ったのだ。きみは彼女の気を引こうと自慢話を始めた。栄光のレイダースのこと、自分は凄腕（すごうで）の特殊部隊員で、これから極秘任務に赴くところだと。そこで自分が部隊を売り渡したことに気づく。彼らが罠に向かっていることを知り、呼び戻しの命令が来たときパニックに陥った。レンタルハウスに隠れて、自分の次の行動をひねり出そうとしたが、サーファーの若い女に薬物を飲まされたという説得力に欠ける話を思いつくのが精いっぱいだった」

「ちがう。そんなことはしていない。間違ったことは何もしていない」

「きみと同じようにその椅子に座った男たちが、まったく同じ言葉を何度口にしたか、知っているか？」

「一杯食わされた。それは認める」キムを説得しても無駄とわかったので、レッドはオルソン大佐に顔を向けた。「大佐、教えてください。うちの部隊に何があったのですか？　よほどのことがないかぎり、〝反逆者〟などという言葉を投げつけられたりはしないはずだし……」

キムが顔を曇らせた。「ああ、そうだ、よほどのことがあった」

胆汁（たんじゅう）のように、レッドの喉にパニックがこみ上げてきた。椅子を回してオルソンのほうを向くと、手錠の鎖がテーブルをこすった。「彼らに何があったんですか？」

オルソンは堅忍不抜、その心は鋼のように鍛えられていた。「部隊に何があったか知りたいのか、軍曹？　きみが見捨てた隊員たちに？　きみに裏切られた隊員たちに？」

「誓って、裏切ってはいない！」レッドは大きな拳をテーブルに叩きつけた。ショットガンが放たれたかのように鋼鉄の音が響き渡った。キムがぎょっとして飛び上がった。

憲兵たちが来てレッドを押さえようとしたが、オルソン大佐が手を上げて制止した。大佐はテーブルの上で手を組んで身を乗り出した。怒りをたたえた、探るような目がレッドを見据えた。「何が起こったか教えてやろう、レッド軍曹。おまえがその生意気な口を開いたために、部隊は全滅した。待ち伏せを受け、空から吹き飛ばされたのだ」

レッドの体が震えだし、目に涙が湧き出てきた。「おれはそこにいなければいけなかったのに……」

「全員死亡した。一人残らず」

レッドはテーブルの上に頭を垂れて、握りしめた白い拳の上に置いた。なぜか、最初からわかっていた気がした。

おれはそこにいるべきだったのに。

オルソンはこの知らせをしばらく染みこませた。彼が沈黙を破ったとき、それは、「わたしが脳みそに弾丸をぶちこむ前に、このくそ袋を独房に戻せ」と言うためだった。

8

ワシントンDC

クラインにはカルプとの面談に備える時間が三十秒くらいしかなかった。彼女がわざわざ別館を訪ねてくるというのは、控えめに言っても異例のことだ。FBI情報部のトップが〈フーバー・ビル〉（FBI本部）七階にある彼女のオフィスに呼びつけられた場合、即時解雇とまではいかなくても、こってり油をしぼられるのが通例だ。その彼女が事前に電話もよこさず彼を訪ねてきたのは不吉な前触れだった。

クラインは不意をつかれるのが大嫌いでもあった。

カルプは会議室で彼を待っていて、法廷を開く女帝のようにドアからいちばん遠い席に座っていた。ピンストライプのあつらえのスーツに身を包んでいる。長身瘦軀（そうく）で、ショートボブの髪はブロンドだが銀色の筋が入っていた。勤務時間外の彼女は〈クロスフィット〉（米国のフィットネス団体）のトレーナーを想起させた。身体的にタフであるだけでなく、頭も切れる。

数々の啓蒙を受けてきたはずの二十一世紀とはいえ、FBIという昔ながらの男性社会で女性がこれほどの地位に上り詰めたのは驚くべきことだったが、カルプは日の出の勢いで昇進した。クラインは〈テロ対策課〉在籍時から彼女を知っていた。彼が誠実な勤務を何年も重ねて少しずつ出世していったのに対し、彼女は彗星のごとく現れた。FBIアカデミーの所在地クワンティコで評判のスーパースターだった彼女はロサンゼルスのCTDへ直行し、その後、クラインをはじめ有能な捜査官十数人をあっという間に抜き去って、上層部への階段を上っていった。彼女のキャリアが名前のわからない師に導かれていたのは明らかで、彼女が何人の首を踏みつけにしようとその師は女性を責任者の地位に就けたかったのだ。

彼女はクラインがドアを閉めるのを待って口を開き、厳しい口調で尋ねた。「何があったの？」

何の話か、クラインから説明を求める必要はなかった。しかし、彼は答える前に、招かれるのも待たず、テーブルの真ん中あたりで椅子を引いて気だるそうに腰を下ろした。「手短に言えば、罠でした」

「短い答えは要りません」彼女はぴしゃりと言った。「海兵隊員二十八名が死亡、航空機二機が破壊され、外国の地で許可なく軍事作戦を行ったことにメキシコ政府が反発していて、ウィロウは行方知れず。だから、時間をかけて説明してちょうだい」

クラインは海兵隊の死者の話が持ち出されたことに顔をしかめた。彼の助言をはねつけてフライチームではなく海兵隊を送りこんだのは、彼女の判断だ。それでも、元々彼が立てた作戦だったのだから、失敗の責任は彼にある。

「わたしの連絡員は——」

「エルナン・バスケスのこと？」とカルプが割りこんだ。

彼はうなずいた。「われわれが受け取ったウィロウに関する情報は罠におびき寄せる餌（えさ）かもしれないと、彼は不安を漏らしていた」

「なのにゴーサインを出したの？」

「彼の判断でした」

「彼から連絡は？」

クラインはかぶりを振った。「ありません。よくない兆候です」

「彼のことはよく知っているの？」と、カルプが尋ねた。

クラインは口にされなかった疑問に気がついた——バスケスがわたしたちを売り渡した可能性はないの？「何年か前、対シナロア・カルテル（メキシコ最大の麻薬犯罪組織）作戦のときに知り合いました。シナロアがコッズ部隊（イラン革命防衛隊の精鋭部隊）の工作員を、メキシコ国境からアメリカへ密入国させようとしていたときです。エルナンはメキシコの連邦警察官だったが、国際刑事警察機構（インターポール）で働いていた。とても誠実な男だった。独自の情報源を持ち、誰にも自分をさらけ出さない抜け目のなさも備えていた。そのおかげでカルテルへの潜入捜査を乗り切ることができたんです」

「その彼が、どうして引っかかったの？」

クラインは首を横に振った。「わかりません、まだ」

カルプはしばらく黙って考えこんだ。「無断欠勤（ＡＷＯＬ）した海兵隊員については？」

「ＵＡです」

クラインにもうひとつ頭が生えてきたかのように、カルプは彼をまじまじと見た。

「何ですって？」

「ＡＷＯＬは陸軍の言い方だ。海兵隊ではＵＡ――無断欠勤（アンオーソライズド・アブセンス）と呼ぶ。しかし、いまの質問に答えるなら、それは起こった事件とは関係がなさそうです」

「ＪＡＧの検察官は異なる見方をしています。その海兵隊員が部隊を売ったものと考えている」

「そうは思えません」クラインは言った。「〝常に忠実（センパー・ファイ）〟は単なる標語ではない。海兵隊の中枢を成す信念です」

「わたしはキム中佐のことをＬＡ時代から知っています。立派な検察官で、ミスを犯さない」

「〝無実が証明されるまでは有罪〟というのがJAGの考え方ですからね。わたしには信じられない。あの子は、ええと、二十六歳でしたか？　活力旺盛だ。女と寝たくて、ぶっ倒れるまで酔って、航空機に乗り遅れたんでしょう。何があったか知り、恥ずかしさのあまり愚か者を演じている」

「愚かなのは確かね、あなたの言うとおりなら」

「愚かさと裏切りは別物です。愚かさが裏切りなら、連邦議会の半分はこの街のあちこちで街灯から吊るされ、残りの半分は順番待ちの列に並んでいるはずだ」

カルプは微笑んだ。「そういうウィットの持ち主でありながらFBI長官でないなんて、信じがたいわ」

「本業はスタンドアップコメディアンなので」

「ここから出ていきたいなら、わたしの忠告に従って本業からは手を引くことよ」

この辛辣な言葉をクラインは聞き流した。「要するに、そのキッドは海兵隊レイダースの一員です。海兵隊えり抜きの隊員だ。年齢に関係なく、彼は海兵隊に忠誠を誓っている――それも、心底から」

「近頃の忠誠心はかなりの安値で売り買いできるのよ」

「海兵隊員に限ってはちがう」

「ああ、なるほど。あなたもかつて海兵隊員だったわね。気を悪くしないで」

それについての思いは胸にとどめておくことにした。「つまり、このキッドは薬を盛られたと言っている。検査では陰性だったが、薬物検査で検出されない物質があるのはあなたもご存じでしょう」

「何が言いたいの？」

「彼は人身御供（ひとみごくう）にされただけかもしれない」クラインは脳より先に口がすべらないよう、ゆっくりと話した。「ウィロウ捕獲作戦の実行部隊にいたから狙われたのかもしれない」

カルプはすっと目を細めた。「狙われたって、誰に？」

クラインは答えを用意できていなかった。〝問題はおれの側にあるんじゃないかもしれない〟とバスケスは言った。〝六時の方向に気をつけろ〟と。「われわれの計画を知っていた何者か。内部の人間に」

「スパイのことね」

クラインはうなずいた。そして次の言葉を慎重に選んだ。「この作戦に参加した全員をトップダウンで調査する許可をいただきたい。情報を漏らした人間がいるなら、それを見つける必要がある。このままではロバート・ハンセンの二の舞いになりかねない」

クラインはＦＢＩ史上最悪の裏切り者に会ったことがあった。妻と六人の子どもを持ち毎日ミサに通う防諜担当官だったハンセンは、現金とダイヤモンド合わせて百四十万ドルという安値で当時のソ連に祖国を売り渡した。いままた自分たちの陣営に裏切り者が現れたとは信じたくなかったが、それ以外にウィロウ捕獲作戦の惨事をどう説明すればいいのか？

悲しいことに、スパイ狩りには裏切り者の正体以上の多くのことが暴かれる傾向があった。

カルプはしばらく彼を観察した。「ウィロウを見つけることがあなたの最優先事項よ。スパイ狩りはわたしが引き受けます」

9

二時間後、クラインは連邦議会議事堂から目と鼻の先にある、ＤＣでお気に入りのハンバーガーショップにいた。ペンシルベニア・アベニューにある〈グッド・スタッフ・イータリー〉の二階ボックス席だ。グリーク・ゴッデス・サラダをつついていると、向かいのベンチ席に美貌の若い女性が腰かけた。髪は真っ黒で、肩にあった緑色の蜥蜴(とかげ)の刺青(タトウー)は消し去られていたが、マシュー・レッドならこの女が誰かすぐにわかっただろう。

女は深緑色の目をすっと細めた。「サラダ？　マジ？　そんなクソ、わたしは食べられない」

「わざわざ教えてくれるまでもない」と、クラインは返した。

合図を受けたかのように、ベーコンとオニオンリング、バーモント産チェダーチーズを詰めこんでバーベキューソースをたっぷりかけた、巨大な〝コレッティーズ・スモークハウス・バーガー〟が運ばれてきた。タイムとローズマリーと海塩(シーソルト)で味付けされたフライドポテトもソーダといっしょに女のそばに置かれた。

「ダブルオニオン、ダブルバーベキュー」クラインは言った。「きみ好みだろう」

この女性――サミーではなく、本名ステファニー・トレッドウェイ――は破顔一笑した。

「感謝します、ボス。こんなご馳走をいただけて」

「きみの努力の賜物だ」彼はフォークでオリーブとキュウリを突き刺した。

彼女はハンバーガーを口に詰めこんで大きくひとかじりし、あごについたバーベキューソースを手の甲でぬぐった。

彼女が食べるところを見るたびクラインは惚れ惚れした。毎回、餌に群がるサメのように食べ物に襲いかかる。十人家族の末っ子で、自分以外のきょうだいはみな男の子だったからだと彼女は主張している。養豚場の豚のように食い散らしても、トレッドウェイの体は純血のロットワイラー犬のように引き締まっている。こんな食生活でも体形を維持できるのだから、小型原子炉のような胃袋とハチドリのような新陳代謝の持ち主なのだろう。

「事前通知もろくになかったのに、よくやってくれた」彼女がもうひとかじりしたところで、クラインは言った。

彼女は口いっぱいにバーガーを頬張ったまま何事か言った。〝恐れ入ります〟だったのかもしれない。

「残念ながら、状況は複雑だ」

彼女は緑色の目をさっとクラインに向けたが、咀嚼（そしゃく）をやめようとはしなかった。彼はカルプとの面談でどんな話があったかをかいつまんで説明した。それが終わるころには、彼女も食べ終わっていた。

「つまり、情報を漏らしている人間がいるわけですか？　うちに？」

「わからない。いるのかもしれない。心配なのは、彼女がわたしたちのことも調べるだろうということだ。わたしたちのどちらかとレッドを結びつける証拠を、彼女が見つけたら……」

トレッドウェイは首を横に振った。「その可能性はありません。万全の準備で臨みましたから」

クラインが報告書で読んだかぎり、トレッドウェイの準備は万全どころではなかった。しかし、カルプの手にすべてを解き明かせる別の糸がないとも限らない。

「だとしても、大きな問題がひとつある」とクラインは続けた。「情報を漏らしたのが誰か、まだわかっていない」

「それにはカルプが対処するんですよね？」

「本当に彼女にまかせたいのか？」

トレッドウェイは飲み物を口にしながらしばらく考えこんだ。「あの熊をつつくときは気をつけて、ボス」

「わたしがこの世界でこれだけ長く生き延びてこられたのは、用心深かったおかげじゃない」彼は何か食べられそうなものを見つけようとサラダにフォークを突き刺したが、そこでさらにガシャッとフォークを置いた。「サラダは苦手だ」

「それで、わたしにどうしろと？」

「ほかに、ウィロウ捕獲計画を知っていたのは誰だ？」

トレッドウェイの目がつかのま天井を見上げた。「そうね、全体像を知っていたのは何人かだけ。あなた。わたし。ドゥーデク。オブライエン。ジャクソン……カルプはもちろんだけど」

クラインは考えながらうなずいた。「まずドゥーデクから始めろ」

「ボス、本気ですか？　彼の制服の上着を見たことあります？　ダラスCTDのロックスターでした。三度の表彰。FBIの第三世代。妻と、子どもが二人」

クラインはまたロバート・ハンセンのことを思い浮かべた。そして首を振った。

「だったら、何も出てこないかもしれない。しかし、それでも顕微鏡にかける番は回ってくる」

「では、そろそろ。また連絡します」トレッドウェイはフライドポテトをいくつか口に放りこんで立ち上がった。「もうひとつ、よくわからないことが」

「何だ？」

「レッドです」

「彼がどうした？」

「わたしたちは――わたしは――彼のキャリアを粉砕してしまった。今回の件で、彼は刑に服することになるかもしれない」

「何か疑問でも？」

彼女はクラインを見つめ、そのあと肩をすくめた。「なぜなんですか？」

クラインは座席にもたれ、両手をテーブルに置いた。「もう行ったほうがいい。ドウーデクのことで何かわかったら、知らせてくれ」

トレッドウェイはそれ以上何も言わずにドアへ向かった。

10

カリフォルニア州キャンプ・ペンドルトン

営倉で過ごした数日は人生最長の時間だった。過酷な訓練を繰り返し、腐敗した沼に鼻まで浸(つ)かったり、砂漠を全力で駆けたり、夜間に高所の山の斜面を登ったりの作戦を遂行してきたが、そこにはいつも目的があったし、いつもそばには仲間の海兵隊員がいた。任務があり、常に自分を前進させてくれる仲間といっしょであれば、痛みや極度の疲労、睡眠の剥奪(はくだつ)でさえ、耐えて乗り越えることができた。

しかし、独房での一週間は地獄だった。自分しかいなかったからだ。余計なことを考えずにすむよう自重トレーニングを試みたが、効果はなかった。何をやっても、心は道端とビーチハウスでの出来事に向かっていった。日に三度、武装した看守二人に付き添われて食堂へ行き、そこで十五分、監獄版戦闘服(BDU)を着て一人黙々と食事をした。一日二回、トイレを使う特権を与えられた。この間(かん)、彼は法的代理人の提供を三度断った。キムはそれを喜んでいるようだ。

唯一、みずから課した精神的拷問から解放されるのは、キム中佐が、ときにはキムの調べを手伝っている憲兵が繰り返す尋問の時間だった。彼らはレッドに同じ質問を投げ続けて、どんな言葉だったか、どんな瞬間だったか、どんなことを考えたかについて記憶の揚げ足を取ろうとした。だがレッドは自分の話に固執した。それ以外知らなかったし、それが真実だったからだ。

真実であろうとなかろうと、それで部隊の仲間が生き返るわけではない。それで彼が許しを得られるわけでもない。

もはや、自分がどうなろうとかまわない。最悪の事態を予想していたし、内心、自業自得と思っていた。一週間の孤独な内省中は、オスプレイの残骸の中で焼け死んでいく仲間たち——彼の兄弟たち——の顔が脳裏に浮かび、激しい罪悪感に拍車をかけた。

キムにも一点だけ正しいところがあった。レッドが作戦も部隊も裏切っていないことを客観的に証明する方法はないということだ。何らかのめずらしい自白剤を使われて裏切ってしまった可能性もある。不作為の裏切り者になった可能性があった。

五日目、レッドは看守に付き添われてオルソン大佐とキム中佐が待つ取調室へ向かった。

「座れ」と大佐が命じた。

レッドは座った。両手に手錠をかけられたままだが、立ち会っている憲兵たちはそれをテーブルの金具に固定しようとしなかった。「キム中佐と彼のチームが明らかにしたことすべてをわたしは精査した」とオルソンは言った。「正直、きみにいい状況とは思えないが、きみの従軍記録を調べ直した。三年前、きみはマリ共和国でフランスの第二空挺(くうてい)部隊とともに現地のジハード組織と戦った。覚えているか？」

レッドはうなずいた。忘れられない銃撃戦だ。フランス軍は戦死者二名と負傷者十一名を出した。海兵隊は簡易爆発物(IED)で消耗人員を二名出したが、両名とも命は取り留めた。レッドの部隊の大尉は、「与えられた任務の遂行に格別の功労があった」として彼の表彰を推薦(すいせん)し、オルソン自身がそれを承認した。

「きみは特別な海兵隊員だった、レッド軍曹。われわれの抱える最高の隊員の一人だった」

悲しみに麻痺(まひ)したレッドの魂に大佐の言葉はかろうじて聞こえる程度だったが、過去形が使われたことには気がついた。

オルソンは続けた。「きみの模範的な戦歴を考慮して、一度限りの取引を申し出よう。この場かぎり、いまだけの。受けるかどうかはきみ次第だ」

レッドの胸に希望の光がひらめいた。「とおっしゃいますと？」

オルソンは書類挟みを差し出した。「非名誉除隊（OTH）にこの場で同意し、今日この基地を去るなら、きみに対する告発はすべて取り下げられる。もちろん、OTHに同意すれば軍や国防総省のいかなる組織にも復帰することはできない。退役軍人恩給もすべて失われる」

「この取引に応じなかったら？」

キムの黒い目が、穴が開くほどレッドの目を見つめた。「軍事司法統一法典第十節およびそれに関連する合衆国法典に基づき、第八十六条（無断欠勤）、第八十五条（脱走）、第八十一条（共謀）、第八十七条a（逮捕への抵抗）、第九十二条――」

オルソンが片手を上げた。「彼は理解していると思う。キム中佐から、きみを最低でも五年、軍刑務所に収監すべきだと進言を受けた。もしかしたら、もっと長く。その刑期を務めさせたあと、不名誉除隊（DD）に処すべきだと」

OTHは汚点（ブラックマーク）になる。とりわけ、将来的に軍その他の政府機関に勤務する可能性が失われるという点で。他方、DDは礼節ある社会からの追放に等しい。

「言っておくが、レッド軍曹」キムが厳か（おごそか）に告げた。「わたしはオルソン大佐の申し出に反対している。これは恩赦に等しい。わたしの法学的見解では、きみは刑務所に入って犯した罪を償うべきだ」

オルソンはレッドに書類挟みを差し出した。レッドはそれを受け取り、罪状が記されているページをめくった。そこに彼のサインを待っている除隊関連事項もあった。最愛の海兵隊を去ることになると思うと吐き気に見舞われた。こんな可能性は考えたこともなかった。無罪判決を勝ち取って人生を取り戻せると思っていた。しかし、この二人の態度と目の前に積まれた書類の山を見れば、大きな計算ちがいをしていたのは明らかだった。いまさら代理人を雇っても、望めるのはせいぜい、職業人生を棒に振って最終的に除隊に処せられるくらいのことだ。それも、容疑を晴らすことができたらだ。いまのところ、それができるかどうかは非常に心もとないが。

検察が勝ち目のない事件を裁判に持ちこむことはない。それがわかるくらいにはレッドも法律を知っていたし、軍法会議は、海兵隊の部隊が全滅してむごたらしい死がもたらされた事件を極端に偏った目で見る戦闘将校たちで構成されるだろう。キムの裁判はオルソンの承認に支えられ、レッドには自分の正しさを証明するものが何ひとつない。

最後は真実が勝つと、ＪＢから教えられていた。あの夜、悪いことをした覚えはひとつもないというレッドの主張は絶対的な真実だった。しかし、何をどう考えても、それが免罪符になるとは思えない。別人になりすました女にのこのこついていったせいで仲間たちが命を落とし、彼らが殺された任務に参加できなかった。

選択肢はひとつしかない。
レッドは書類にサインした。

11

大型四輪駆動ピックアップトラック、フォードF150ラプターが基地の出口を通り抜けたとたん、レッドは急に寒気に見舞われた。見えない膜を通り抜けて冷たい真空へ飛びこんだかのように。何年かぶりに海兵隊員でなくなった。人生最大の誇りの源だった。そこから除隊処分を受けて、身を引き裂かれるような恥辱にまみれていた。

これからどうする？　部下を率いて戦闘に向かい、物を壊し、人を殺す訓練を受けてきた。いまどきの企業が求めているスキルセットではない。少なくとも、彼が働きたいと思うたぐいの企業では。祖国を守るために悪人を殺すことには何の抵抗もない。しかし、たとえ悪人が相手でも、カネのために人を殺すというのはなじまない感覚だ。働きたいと思う警備会社はいくつかあった——核施設や企業の重役を警護する会社だ。しかし、合法的な組織はすべて元軍人で構成されている。ＯＴＨという経歴だけで門前払いを食わされるだろう。

警察官はどうか？　ＯＴＨでは無理だ。自分に関わろうとする政府機関はない。警備員や装甲車の操縦にも採用してもらえまい。

おれと来たら、いったい何を考えているのか？　どこもおれを必要とするとは限らないのに。

夢の生活をもぎ取られただけでも苦痛だが、いま彼は否定しがたい現実にぶち当たっていた。あれに代わる価値があるものなど、この世界のどこにもない。そう思うと体に恐怖の震えが走った。

ガソリンを入れ、自宅アパートがある北へトラックを向けた。冷凍庫に冷凍ピザが二枚と、プールサイドで焼ける有機飼育の鶏肉が五〇〇グラムくらいあるのはわかっていた。しかし、食べる以上に必要なのはしたたかに酔うことで、それには店に立ち寄る必要があった。

酔うことに意味はないかもしれないが、もはやどんなことにも意味はない。

そばに置かれたティトーズのウォッカの瓶とキンキンに冷えたモデロネグラ（メキシコのビール）の六本入りパック二つが、これから起こる意識の変容を期待させた。

いや、待つ必要がどこにある？　もう五時台だ。

駐車場で一気飲みしようとモデロを一本つかみ、蓋を開けようとしたが、ＪＢのいつもの声が頭にこだました。

「災難は誰にでも降りかかるが、まぬけに成り下がるかどうかは自分自身が選ぶことだ」

レッドは思わず含み笑いを漏らした。ジム・ボブ・トンプソンは教会に通う禁酒家ではなかった。彼の酒の強さは伝説的で、どれだけ飲んでも酔っ払っているところを見たことがない。レッドの養父は飲酒に批判的ではなかったが、よくない選択には断固として反対した。酔うことで前より賢くなる人間はいない。

ビール瓶をパックに戻してエンジンをかけ、なおもＪＢのことを考えながら駐車場を出た。

レッドが祖国と海兵隊を愛するようになったのは、父親と呼ぶことができ、愛しているとまで言うことができた初めての成人男性、ＪＢのおかげだった。愛するという言葉はレッドの頭にはめったに浮かばない。ＪＢともそんな話はしなかった。それどころか、二人はたくさん言葉を交わすことすらなかった。必要がなかったからだ。言葉より行動のほうが常に雄弁だった。行動には代償がともなう。言葉は安っぽい。特に、頻繁に軽々しく使われたときは。

これから、自分の行動が元で最愛の軍隊から除隊処分、それも非名誉除隊の処分を受けたことを、ＪＢに話さなければならない。しかも、この不名誉については言い訳のしようがない。

すべてを失っただけでも惨めなのに、そのうえＪＢの敬意まで失ったら、それはラクダの背骨を砕く最後の一本のわら、血を凍らせる最後の一撃になる。幹線道路を猛スピードで走るうちに絶望が募ってきて、それが胸から溶岩のように噴き出し、腕からハンドルを握る指へにじみ出てきた。手首をさっと動かしただけで、猛スピードのラプターは崖から投げ出され、下の岩場へ真っ逆さまに転落するだろう。爆発を起こし、炎に包まれて、罪を償え……

「めそめそするな、息子よ」とＪＢは言った。「けっして戦いから逃げてはならない。戦いに敗れるより悪いことがあるからだ」

　レッドは忘我の状態から抜け出した。どんなにひどいトラブルでも、そこから逃げるという選択肢はない。それがＪＢに育てられるとき課された掟のひとつだった。

　ＪＢの実子ではないが、それ以外のあらゆる点で、自分はＪＢの息子と言うことができる。ＪＢと同じ名誉、同じ誇り、同じ威厳をもってＪＢの足跡をたどってきた。いま、自分に残っているのは高潔さだけだ。

　レッドは恐れていた電話をかけようと携帯電話を取り出したが、一週間ロッカーで眠っていたためバッテリーが切れていることにすぐ気がついた。

　天の恵みかもしれない。電話をかけるのはシャワーを浴びて失敗の悪臭を洗い流してからにしよう。

それとも、明日まで待とうか。

火傷するほど熱いシャワーで赤くほてった肌を、レッドはタオルで拭いた。営倉に一週間近くいて、全身を穢れが這いずり回っている心地だったが、少なくともそれからは解放された。しかし、清潔感はわずかな安堵をもたらしたにすぎなかった。お湯で感情を洗い流すことはできないからだ。

それに、まだこれからＪＢに打ち明ける必要があった。

ＪＢに話す心の準備はまだできていなかったが、それでもシャワーを浴びる前に充電用のプラグを差しておいて、電話が使えるのはわかっていたから、リビングへ持っていこうとプラグを抜いた。そこで画面が明るくなり、不在着信の文字といっしょに発信者の名前が表示された。

JB

ＪＢは電話で話すのが嫌いで、頑として携帯電話を買おうとしなかった。連絡を取り合えるようレッドがｉＰｈｏｎｅを買い与えてからは多少軟化したが、レッドの誕生日とクリスマスを除けばＪＢから電話がかかってくることはなかった。

何があったか、どこから耳に入ったのだろうか？

レッドが電話のロックを解除すると、メッセージが一通待っていた。彼は眉をひそめた。ＪＢは口数が少なく、口を開くことはあっても、留守番電話を入れるような必要以上の無駄はしなかった。

何が変わったのか？

留守番電話のスピーカーボタンを押した。たしかにＪＢの声だが、録音は途切れ途切れで静電気のノイズに満ちていた。

「マッティ……話を聞いた……トラブルが戸を叩いてきた……おまえの助けが必要かもしれない」

ぎょっと血が凍りつく思いがした。ＪＢのこんな声を聞いたのは初めてだ。携帯電話の電波が弱かったのか、風邪を引いていたのかもしれないが、養父は鋳鉄の彫像を台座から吹き飛ばしそうな練兵場向きの声の持ち主だった。

もういちどメッセージを再生した。

「おまえの助けが必要かもしれない」

レッドの知る中で、ＪＢくらい人の力を当てにしない男はいなかった。その男が電話で助けを求めている。なんらかの異変が起こっているということだ。

十年前、ＪＢは馬上から投げ出されて腰の骨を折った。そのときも助けは求めなかった。高校三年生だったレッドにはもちろん、地元の知り合いにも。〝カウボーイの流儀〟にもとるからだ。

ＪＢの一家が四世代にわたり営んできた小規模の、収益性がおおむね低い牛の牧場で、二人はずっとかつかつの暮らしを送っていた。いわゆるワンオペ経営で――レッドの学校が休みのときはツーオペになったが――ＪＢはパートタイムで狩猟ガイドをしたり、馬に蹄鉄（ていてつ）を付けたり、ときには獣医的なサービスを提供したりして、やりくりしていた。

腰の怪我で彼が働けなくなったとき、牧場を失い、百七十年にわたって代々受け継がれてきた神聖な信頼の連鎖が断ち切られるのは必然と思われた。

ＪＢに代役を雇う余裕はなく、レッドは学校に通っていて、郡立高校では学業優秀、フットボール・チームでもタイトエンドとして先発出場し、そのたぐいまれな才能のおかげでチームはたちまち州選手権を争うまでになった。将来を犠牲にして牧場で働いてほしいとレッドに求めるなど、ＪＢは考えもしなかった。

レッドがみずからその決断を下したのは、そんなふうにＪＢに育てられたからだ。この決断によって、大学や就職の展望はおろか、高校卒業資格まで失い、唯一愛した女性との関係も終わりを迎えた。しかし、彼は牧場を救った。

人生を棒に振った彼をＪＢはばか息子と呼んだが、養父がひそかに彼を誇りに思っていることをレッドは知っていた。この決断を後悔したことは一度もない。ＪＢが立てるようになると、レッドは一般教育修了検定（ＧＥＤ）を受けて、海兵隊に入り……

レッドは頭を横に振り、論理的帰結を追うことを拒否した。発信側に電話を折り返すコールバックボタンを押して、ＪＢが出るのを待った。呼び出し音が鳴ったところでまた罪悪感に見舞われた。去年のクリスマスからＪＢとは話をしていなかった。遠征と作戦準備と訓練——レッドの日々は多忙を極めていた。電話で話すたびＪＢは同じことを言った。「何も問題ない。おれのことは心配するな。いいから気を散らすな」そのあと彼は「誕生日おめでとう、息子よ」「メリークリスマス、息子よ」と付け加えた。

ＪＢは負担になりたくなかったのだ。たまに息子の声が聞けたらそれでいい。

最後の着信音のあとピーッと音がして自動音声に切り替わり、伝言をどうぞというメッセージが流れた。

「ＪＢ、おれだ。伝言を聞いた。かけ直してくれ」

ジーンズとブラボー・カンパニーのＴシャツに急いで着替え、もういちど電話をかけた。

出ない。留守電を二度残しても仕方ない。

そのとき、ＪＢが電話をかけてきた日時を確認し忘れていたことに初めて気がついた。

「なんてこった」

ＪＢがかけてきたのは現地時間の午後八時三十一分だった。

先週の金曜日。

レッドが逮捕される前日だ。

この一週間、自分の中を駆けめぐり交錯する有毒な感情を必死に抑えてきたレッドだったが、いまでさえ最悪の状況がさらに悪くなりそうな予感をぬぐえなかった。

12

ダッシュボードのGPSナビゲーターによれば、ウェリントンまでの走行時間は十七時間半強。モハーベ砂漠を通ってネバダ州ラスベガスへ向かうのが最速ルートだ。しかるのちにユタ州ソルトレイクシティまで長い距離を走り、最後にアイダホ州を駆け抜けてモンタナ州に入る。

文字どおり過酷な旅だ。

ガソリンを補給し、小便をして、眠気を払うカフェイン飲料を摂るのに、少なくとも三度の休憩を予定していた。余分に三十分以上かかるが、そうすることでウェリントンのすぐ北、スティルウォーター郡のJBの牧場まで直行できる。養父の言う〝トラブル〟はこれから起こるのかもしれないし、疲労を言い訳にスピードを落とすわけにはいかない。

現地当局に電話をかけてJBの状況を確かめてもらおうかとも考えたが、地元の警察で解決できるとJBが思ったら、そっちへかけていただろう。警察で解決できないのは明らかだ。ただちにウェリントンへ向かわなければいけないとレッドが判断したのは、だからだった。

ずっとほったらかしにしてきた借りもある。


次の数時間でラジオのカントリー・ウエスタン局やクラシック・ロック局、さらには昔の『ドラグネット』の再放送まで聴いた。頭の中に這い戻って非難と罪悪感の怒号を聞かずにすむなら、どんなものでもいい。しかし、チャンネルを変えながら頭にジャンジャン響くギターと鼻にかかったカントリーのボーカルを何時間も聴き続けたところで、ついに限界が来た。音楽を止め、代わりにズキズキする頭痛のリズムに耳を傾けた。

アリゾナ州に広がる砂漠の上空、高いところに浮かぶ薄雲から薄紅色の夕焼けがのぞいていたが、とりたてて印象的な光景ではなかった。それでもそれは、独房で始まった最悪の一日の終わりを告げるものだった。

黄昏(たそがれ)がヘッドライトの届かない底知れぬ闇へと消えていったとき、ふたたびレッドの世界は変容した。ダッシュボードの制御装置で輝く青い光も、世界を隔絶して彼をラプターのハイテク車内に閉ざす漆黒の闇を押しとどめるには至らなかった。ふと、カプセルに乗って宇宙空間を突き進んでいる宇宙飛行士のような気分になった。がっしりした大きなタイヤがアスファルトを踏みしめる音と、四五〇馬力三・五Ｌ(リッター)エコブーストエンジンのもたらす安定した鼓動が、いっそう宇宙船効果を高めた。暗闇に隔離された孤独と催眠術のような路上の音が寒い夜の温かな毛布に似た効果をもたらし、釣り竿(ざお)の重りのように彼のまぶたを重くした。

何種類かのエナジードリンクと通常の三倍(トリプルショット)のエスプレッソのおかげで配線は切れずにすんでいるが、なんとなくすっきりしない。化学的な刺激を与えていても、ふだん以上にあくびをし、ぼやけた目を大きな手でこすっていた。彼は騒音と新鮮な空気を求めて窓を開けた。

発狂せずにすむようなトーク番組はないかとラジオの局を探したが、すぐにあきらめた。州間高速十五号線のラスベガスからユタ州の南部までは、大音量でアイスホッケーの話題を吠えたてるＡＭスポーツ局に落ち着いた。

この一週間の恐怖をどうにか頭から追い払ったと思ったら、すぐまた新たな自責の念に駆られた。頭の中で急いで数えてみて、八年前に海兵隊に入隊してからモンタナ州にもＪＢの牧場にも帰っていないことに気がついた。時間はどこへ行ってしまったのか？　ＪＢは旅行好きでなく、牧場の維持に常時忙殺されていた。レッドも遠征と訓練の日程に忙殺され、長期休暇を取るどころではなかった。

実はこのところ、レッドが望むもの、必要とするものは、すべてレイダースの部隊に見つけることができた。傷ついた孤児が最も必要としていたものは何年も前に老カウボーイが与えてくれ、小さな牧場の経営という過酷な仕事をともにする日々で家族の絆（きずな）は浸透していった。彼はモンタナ州の大自然とその危険な美しさを愛していたが、その愛を以てしても大空の国（ビッグ・スカイ・カントリー）（モンタナ州の愛称）に根を張るには至らなかった。

ユタ州プロボの郊外でレッドはＪＢの携帯電話に九度目の電話をかけたが、やはりＪＢは出ず、これが、何かまずいことが起こっているという最終確認となった。

レッドはアクセルペダルを踏み続け、床まで踏みこみたい衝動にあらがった。パトカーに車を停止させられたら、あるいは、それだけですまず大幅なスピード超過で留置場に放りこまれたら、目も当てられない。

もう拘束はごめんだ。

ピックアップトラック内の孤独な空間で過ごした長い一夜を経て、ようやく東のほうにかすかな光が見えてきた。この微妙な変化は光の到来というよりは暗闇の逃亡に近かった。灰色の曙光（しょこう）のおずおずとした揺らめきの中で薄闇が煮詰まったように遠のいていくのが、見えたというより感じられた。

闇のベールがはがれ落ちると気分が高揚した。フロントガラスの向こうは平坦（へいたん）で、まだこれといった特徴は見えない。しかし彼の目は東に迫ってくる影をとらえた。紫に染まりゆく空を引っかいているような、ティートン山脈のギザギザの輪郭を。

歓声をあげたくなった。

雪の冠をいただく花崗岩の峰々に日が当たったときは、遠く離れたアイダホ州からでも山が白く青く燃え立つことを彼は知っていた。ここは故郷ではないが、自分の育った北西部だ。彼の血管を流れる血と同じく、この土地も彼の一部だった。その堂々たる山々が炎のような輝かしい光の中に立ち上がるのはかなり先だろうが、いまはその怪物のような影だけで、この先に見えてくる光景を充分に予感させてくれた。

故郷までもうすぐだ。

レッドはアイダホ州との州境のすぐ東にあるワイオミング州イエローストーン国立公園を避け、国道二十号線の曲がりくねった上りの二車線を走ってアイダホ州からモンタナ州へ向かった。景色はいま履いている古いハイキングブーツと同じくらい見慣れた感じがした。天候も同様だ。太陽は雨を吐き出す暗い灰色の雲に隠された銀色の円盤でしかなかった。小さな雨粒をワイパーが払い落としていたが、気温が下がるにつれて雨は小さな氷の破片に変わった。道路の左右のベイマツの根元に雪が積もっていた。冬は去り、春も終わりかけていたが、モンタナ州の天候は予想がつかない。外気温計は三度を示していて、天気予報によれば正午までに十三度まで上がるという。

標高が低ければ雪が降る心配はない。標高が上がればいつ雪になってもおかしくない。ウェスト・イエローストーンという小さな町で北へ折れて百九十一号線に乗り、ガソリンを補給した。はるか前方のギャラティン山脈の山々はまだ視界に入ってこないが、迷子の子熊に引き寄せられる母熊のようにその磁力を感じた。道端のカフェを通りかかると、看板には〈ロッキー・マウンテン・オイスター（牛の睾丸を食材にした料理）元祖（ジ・オリジナル）サックランチ（袋に入れた軽い昼食）〉とあった。

モンタナ州だ。彼は胸の中でつぶやいた。ここに勝る場所はない。

ギャラティン・ロードの別名でも知られる国道百九十一号線は急勾配（きゅうこうばい）の山裾（やますそ）をカーブしながら登っていく。ＪＢの家まではまだ何時間もかかるが、このあたりはレッドの故郷であり、道路の高度が上がって松の生い茂る丘の上りがきつくなるほどに感覚が甦ってきた。

何世紀も前に火山活動や氷河活動が切り開いた峡谷を、二車線道路はたどっていった。レッドのわきを流れるのは緑がかった灰色に白い波がしらが立つギャラティン川だ。雪解け水が沸き立つように押し寄せている。ラフティングやカヤックの愛好家、フライフィッシングのために世界じゅうから集まってくる釣り人たちにとっても、この水量は多すぎる。何十年か前、州のこのあたりで映画「リバー・ランズ・スルー・イット」が撮影され、それだけで地元のフライフィッシング産業は活性化した。地元のガイドや裕福な顧客にとっては朗報だったが、平穏と静寂を求める地元住民にとっては悲報だった。人々がモンタナに移り住んだのは社交のためではない。定住者のほとんどは美しいひなびた土地を求めてやってきた。法律より何歩か先にビッグ・スカイ・カントリーへたどり着いた人たちは隣人を増やしたいわけではなかった。

マディソン山脈の雪を冠した峰々がフロントガラスの向こうに姿を見せたとき、レッドの胸は高鳴った。窓を開けて一陣の寒風が吹きこむと、眠気が吹き飛んだ。松の香りを運んでくる雨に洗われた山の空気。懐かしいにおいにキャビンが満たされた。

皮肉なことに、この八年でいちばん故郷に近づいたいま、レッドはホームシックを感じていた。八年前、海兵隊の新兵訓練プログラムを受けるために牧場を離れたときでさえ、故郷が恋しくなったり寂しさを感じたりしたことはなかった。当時から独立独歩を旨としていた。そういう育てられ方をしたからでもあり、誰も——特に大人は——信用しないことを学んだからでもあった。

ミシガン州デトロイトで育った幼少期、彼の母親はけっして愛情深い存在ではなかった。巷の噂で聞いたところでは、若いころの彼女は賢く美しかったらしく、高校時代は優等生で陸上競技の才能にも恵まれていたという。だが、彼の記憶の中の母親は——さいわい、記憶はほとんどなかったが——酒や麻薬に酔っていて、理由もなく自分とレッドを殴るような愚かな恋人たちの言いなりになっていた。最終的に薬物の過剰摂取でこの世を去ったとき、実の父親が――そのときまで実父が生きていることさえレッドは知らなかったが――どこからともなく現れた。しかし、責任を認めて父親の役割を担い始めるどころか、またしてもその男は責任を放棄した。石油会社の重役か何かで、年がら年中出張していて家族と過ごす時間がなかった。男はひとつだけ譲歩し、幼いマシュー・レッドの世話を旧友のジム・ボブ・トンプソンに託していった。

それはレッドの人生で初めてうまくいった出来事だったかもしれない。

ＪＢは世間によくいる父親ではなかった。優しさとは無縁で、ありきたりの言葉をレッドにかけることもなかった。牧場の暮らしは大変だった――手加減なしの、過酷な、情け容赦ない仕事だった。そんな労働の中、自分で焼き印を押し、餌をやり、育て、屠りまでした牛の厚切りステーキを食べたレッドは、身長を伸ばしてたくましくなった。ＪＢとの七年間が彼をいまのような人間につくり上げた。だがそれは苦労の連続だった。牧場とウェリントンの小さな町との往復にレッドは卑小感や圧迫感を覚えていた。外へ出る必要があった。羽を広げる必要があった。広い世界を見る必要があった。

ここへ戻ってきたいま、この土地最高の思い出がいくつも甦ってきた。このときばかりは、自分が置き去りにしてきたものが懐かしく思われた。牧場暮らしは厳しくもシンプルだった。しかし、いま彼に里心がついている理由は心理学者でなくとも説明できた。

ＪＢが手の届かないところへ行ってしまったのではないかという恐怖が高まってきていたからだ。年齢を感じさせないＪＢはレッドが愛する山々のように力強く永遠で、森を徘徊（はいかい）するハイイログマのような荒野の一部だった。ＪＢが死んだかもしれないと考えるのは山が壊れたと考えるに等しい。あり得ないことだ。

それとも？

レッドは二車線の国道から舗装された側道へ入った。カエデと松の林間に探していた急カーブが見え、ＪＢの古いフォードのトラックによる長年の酷使で轍（わだち）が二本ついた、くねくねと続く長い未舗装道路を走っていった。

ＪＢの牧場に接する川のいちばん幅が狭いところに、セメントの支柱に古い枕木を設置しただけの、片側一車線の木造橋が架かっていた。そこを渡ると、入口ゲート前に家畜脱出防止用の錆（さ）びついた鉄格子があった。ゲートは樹皮をはがされた古い巨木の幹二本で造られ、手描きで〈トンプソン牧場〉とだけ記された看板が取り付けられている。ペンキがはげ落ち、文字はほとんど読めなくなっていた。敷地を囲うフェンスの柱は腐って曲がり、有刺鉄線はすっかり錆びついていた。この状態を放置するのはＪＢらしくない。何より、敷地内に牛の姿がまったく見えなかった。

四輪駆動とはいえ、ラプターの大きなタイヤは轍のついた泥道で空転した。後部を左右に振りながらでこぼこの一画を乗り越えて、広い牧草地を通り抜け、山のふもとに立つ古い丸太造りの牧場の家(ランチハウス)へ向かった。

レッドが初めてわが家と呼んだ場所へ。

彼はJBのおんぼろフォードF250の隣にピックアップトラックを駐(と)めて、外へ降りた。長時間の運転で凝り固まった長い脚と上半身を伸ばす。さっと周囲を見まわした。馬がいない。牛もいない。鶏もいない。何もいない。まるで廃墟(はいきょ)のようだ。

しかし、そうではない。ここにはJBのトラックがあった。レッドがラプターに寄せる以上の愛情をJBはこのフォードにそそいでいた。レッドはふと思った。自分は思っているよりJBに似ているのかもしれない。トラックひとつ取ってもそうだ。

レッドはF250のボンネットに片手を置いた。板金の上にたまった雨水のように冷たかった。何日とは言わずとも、この何時間かは運転されていない。側壁にこびりついた泥が乾ききっていた。

いまいるところから見るかぎり、家畜小屋も離れ屋も古ぼけていて、放ったらかしにされている感じがした。網戸がバタンと開閉してJBが屋根付き玄関へ出てくる聞き慣れた音を期待して、レッドは家のほうへ目を向けた。

その幸運には恵まれなかった。

しかし、ドアに何か貼られていた。網戸の網目で判読できないが、何らかの正式通知だ。レッドは板をきしませて玄関前の階段を駆け上がった。踏み板の釘がゆるんだまま放置しておくなんて、ＪＢらしくない。網戸をさっと開けて、貼り紙を読んだ。

立ち入り禁止
法律による罰則あり
モンタナ州スティルウォーター郡保安官
Ｓ・Ｗ・ブラックウッド

脚から力が抜けていった。レッドは後ろへよろめき、ポーチの手すりにつかまった。中に入る必要がある。

ドアから貼り紙を剝がし、後ろポケットに押しこんでからドアノブを試した。施錠されている。保安官が鍵をかけたのだろう。モンタナ州の田舎に住んでいる人たちはみなそうだが、ＪＢもめったなことで玄関に鍵をかけたりしなかった。人里離れた田舎でそんな愚かなことをする人間はいない。さいわい、何年か前、レッドが牧場へ来た日にＪＢがくれた真鍮の鍵を彼はまだ持っていた。

「ここがおまえの家だ」レッドの小さな手のひらに鍵をパシッと叩きつけてJBは言った。「なくすなよ」

あのときレッドは鍵のことを言っているのだと思った。しかし、本当にそうだったのだろうか。

古い錠前に鍵を差して回し、家の中へ入った。パイプ煙草と薪の焦げた懐かしいにおいに混じって、むっとするかび臭さが感じられた。何日も空き家状態だったのだ。

レッドは部屋から部屋へ歩いていった。幼いころに慣れ親しみ、当たり前のように見てきた光景ばかりだ。以前と同じ年季の入った革張りの椅子、鹿の枝角をあしらったシャンデリア、レッドが初めて仕留めた四本尖のオジロジカの埃にまみれた頭部までであった。東海岸とちがって、ビッグ・スカイ・カントリーの狩人は尖の数を片側でしか数えない。剝製の頭部はいまも暖炉の炉棚の上の壁に掛かっていたが、雄大な枝角には縦横に蜘蛛の巣が張っていた。

部屋の片隅にオールド・グローリー社製の銃器保管庫があった。レッドと暮らすようになってまもなく、JBが渋々ながら購入したものだ。銃が必要になったとき防弾金庫にしまってあっては意味がない。しかし、世の中の接続性が高まっていかがわしい連中が奥地へ逃げこんでくるようになれば銃のセキュリティの重要度は高まると、レッドの実父に説得されたのだ。覚えていた暗証番号がまだ使えて、レッドはほっとした。中にはJBのヘンリー・レバーアクションライフル（四五口径‐七〇グレイン）と、パーディーの古い二重銃身ショットガンがあった。ルガー44マグナムはホルスターに収められた状態で下の棚に置かれていた。

多少放置されていたとはいえ、すべてが正常で、あるべき場所にあるようだ。元海兵隊員のJBは、角は四角く、直線は端までまっすぐ、物事がおおむねまっすぐで均整が取れているのが好きだった。キッチンとバスルームは清潔だったが、ピカピカではない。何もかもがあるべき状態からほんの少しずれているような気がして、そこが腑に落ちなかった。

かつての自分の寝室へ向かい、ドアを通り抜けたところで、ぴたりと足を止めた。新兵訓練プログラムのために出発した日から少しも変わっていない。レッド・ツェッペリン、ニルヴァーナ、クリードのポスターも壁に貼られたままだ。レッドの音楽の好みをめぐりよくJBと口論になった。レッドはJBがいないときにウェイロン・ジェニングスやジョニー・キャッシュ（ともにカントリーシンガー）のアルバムをよく聴いていたのだが、それをJBに話したことがなかった。ロックだけでなくカントリーも好きだったが、その話を養父にしようと思ったことはなかった。

してておけばよかったと、いまにして思う。

JBの部屋へ向かった。どこもかしこも記憶にあるとおりに思われた。ひとつだけ場違いなものがあった。ナイトテーブルに置かれたトンプソン家の古い聖書だ。幼いころのレッドは、廊下の本棚に置かれているところしか見ていない。トンプソン家の歴史をレッドに説明したときを除けば、ＪＢが開いたり使ったりしたところは見たことがなかった。ＪＢの家系は一八四二年の結婚に始まり、〝ジェイムズ・ロバート・トンプソン、一九五六年生まれ〟で終わっていた。ＪＢが家系の終点だ。

ＪＢの小さな机は、薄い埃に覆われているのと、新兵訓練プログラムを修了した日のレッドとＪＢが満面の笑みで写っているフレーム入りの写真を除けば、きれいに片づけられていた。

これはおれの記念碑だったのか、それとも、ここを離れた当時のままにしておくことが故郷へ引き戻す磁力になるとＪＢが考えたのか、レッドには判断がつかなかった。いずれにしても腹にズシンとこたえた。

レッドは玄関から外へ出て、もういちど敷地を見まわした。ＪＢがどこにいるのか、手がかりは見つからなかったが、心の奥ではわかっていた。

彼はもうこの世にいない。

13

ウェリントンの町はほとんど変わっていなかった。八年はそれほど長い時間ではないし、既知の世界の中心から遠く離れた土地では時間の流れ方もちがう。風雨や日光にさらされて褪せたのか、色が記憶にあるより少しくすんでいる気がしたが、これは気のせいかもしれない。北の町境に近づくにつれ、タイヤ店や個人向け貸し倉庫、〈ダイヤモンドTモーテル〉、〈スペイディーズ〉など、見覚えのある建物が目に入ってきた。どこも最後に通り過ぎたときのままだ。

このあたりを離れたことなど一度もなかったかのように。

町の中心部まで車を走らせ、左折してブロードウェイに入った。一キロほど先にある市の給水塔が地図の目印のように町の上にそびえていた。給水塔があるのは裁判所の向かいの公園だったと思い出した。

ブロードウェイはその野心的な名称とは裏腹に、両側に駐車スペースが設けられた二車線道路でしかない。少なくとも一九七〇年代まで時代をさかのぼる専門店や、事務所、ポーカーとキノが楽しめる居酒屋、アメリカ在郷軍人会の支所など、さまざまな施設が並んでいた。

スティルウォーター郡で育った長い年月でこの通りのどの施設にも立ち寄ったことがなかったことに、レッドはふと気がついた。こっちにいたころの人生の章は、どれもひと握りの場所、つまりJBの牧場と飼料店と学校で展開されていた。たいていは試合のあとだったが、まれにピザ屋へ行くことがあったくらいで、日常から外れて町の大通りをぶらつく理由はあまりなかった。

裁判所や保安官事務所その他の役所が入っている二階建て煉瓦造りの建物を通り過ぎ、次の交差点で左折してオーク通りへ入った。駐車して、誰ともすれ違うことなく建物の正面へ戻った。六芒星に円があしらわれた紋章と〈スティルウォーター郡保安官事務所〉の文字が記されているガラス張りの二重扉にたどり着いたとき、世界の重荷がずしりと肩にのしかかってくる気がした。

自分の部隊を失った……軍人のキャリアに終止符が打たれた……そして、今度はJB。

何もかも失った。

JBに何かあったのは事実としてこそ認知していなかったが、希望に溺れてはならない。これ以上の失望には耐えられないだろう。

中に入ると受付があったが、カウンターの向こうの椅子には誰もいなかった。奥に半開きのドアが見えた。その横に〝保安官スチュアート・W・ブラックウッド〟と記された黒い札が掲げられていた。

レッドはカウンターに置かれたベルを鳴らした。開いたドアの向こうから回転椅子のバネがきしむ音が聞こえ、そのあと金属製の机の引き出しが閉まる音がした。

「どうぞ」と、どら声が応えた。

レッドは受付デスクを回りこんで、開いているドアへ向かった。札の下の壁を拳で叩き、ドアを大きく押し開いて中へ足を踏み入れる。

一般市民として役所のたぐいに足を踏み入れたのはこの八年で初めてのことだと、彼は気がついた。机に近づいてさっと気をつけをし、敬礼して名乗りたい衝動にあらがった。

事務所は暗く、心温まる場所とは思えなかった。頭上の蛍光灯は消され、閉め切った窓のブラインドから忍びこむ光を除けば、殺風景な部屋には保安官のパソコン画面から出てくる光しかない。空気はよどみ、おなじみの消臭剤の悪臭が吐き気をもよおすほど強烈だった。

机の向こうの男は襟元が開いた茶色いしわくちゃの制服を着て、金色のバッジを付けていた。ふさふさした銀髪に、鼻の下から口の両わきへ垂れ下がったもじゃもじゃのカイゼル髭。顔と首に白髪まじりの無精髭が光っていた。鋭い眼光が目の下の隈（くま）を際立たせている。何日も眠っていないように見えた。後ろの壁に取り付けられたコート掛けの釘（ペグ）に、ステンレス製三五七口径のスミス&ウェッソンを収めた黒革のデューティベルトとステットソン帽が掛かっていた。

「何か用かね？」

「ブラックウッド保安官ですか？」とレッドは尋ねた。

「そうだ。きみは？」

「レッドといいます」あやうく〝レッド軍曹〟と言いかけ、それをのみこまなければならなかった。「マシュー・ジェイムズ・レッド」

ブラックウッドの表情は変わらなかった。「何の用だね、レッドさん？」

レッドは口を開いたが、そこで急に言葉が出てこなくなった。顔をしかめ、もういちど試みる。「自分はこの近くで育ちました。父はJ・B・トンプソンです」

ブラックウッドは頭から足元までレッドをしげしげと見た。「そのことを証明できる身分証は？」

胸が高鳴りだした。この重苦しい部屋では息を吸うのもひと苦労だ。

「J・B・トンプソンの息子であることを証明する身分証は持っていない」辛抱強い口調に懸命に努めながら言った。「しかし誰でもいいから、彼を知っている人に訊いたらいい。彼らが教えてくれる」JBに訊けばいいと言いたかったが、心のどこかでその選択肢はないことを知っていた。「保安官、父に何かあったのでしょうか？」

老保安官はすっと目を細め、目尻にしわを寄せた。椅子に座ったまま身を乗り出してコンピュータのキーをいくつか叩く。画面に何が表示されているのか、レッドからは見えなかったが、光量の変化からいくつか異なる画面を見ていることはわかった。保安官はようやく顔を戻した。「きみの名前はレッドと言ったな？　それだけでは、まだ、身分証明書を見せてもらう必要がある」

レッドは歯嚙みしたが、財布を取り出して運転免許証を抜き出した。

ブラックウッドはそれを受け取り、薄明かりの中で目を細めて小さな文字を読んだ。

「カリフォルニア州のものか？」

「はい」

「そこで何をしていたんだね？」

「海兵隊にいました。除隊したばかりです」理由や経緯を話しても仕方がないとレッドは思った。

「わたしは陸軍にいた。〈砂漠の嵐作戦〉のころ」とブラックウッドは言い、レッドに免許証を返した。「いや、レッドさん、何らかの行きちがいがあったらしい。きみには連絡が行ってしかるべきだった。最近親者と記載されていたので。お悔やみを申し上げます。大切な人を失うのはつらいことだ」

レッドはドアの両側に置かれている椅子のひとつに座った。「いつのことですか？」

「月曜日に、彼の敷地内で亡くなっているのを、うちの保安官代理が発見した。死後二十四時間以上経っていたと思われる。外で発見されたため、正確な死亡時刻はわからない。外気が体温に影響して」

「どうやって——？」と言ったところで彼はためらった。

「馬上から投げ落とされたと思われる。落ち方が悪くて、首の骨を折った。お気の毒に」

暗澹たる絶望の向こうから真っ赤な怒りがこみ上げてきた。「ちがう。そんなことがあるものか」

いや、本当にそうか？　ＪＢは前にも馬上から投げ落とされて重傷を負ったことがあった。事故は起こって不思議じゃない。

だが、ＪＢは彼に電話をかけてきた。

〝トラブルが戸を叩いてきた……おまえの助けが必要かもしれない〟

「馬はおびえて暴れることがある」とブラックウッドが言っていた。「スーパーマンでもおびえた馬にしがみついているのは難しい。最高の乗り手にもそういうことは起こる」

レッドは歯を食いしばった。JBが入れた留守電のことを話そうかと考え、そこで思いとどまった。この保安官がどんな男か、まだ何もわかっていない。レッドがスティルウォーター郡を離れたとき、保安官はロバート・リトルトンという男が務めていた。リトルトンとJBは顔見知りで、すれ違うたびうなずきを送り合っていた。「遺体はどこに？」

「〈ピット＝ベイトマン葬儀場〉だ。わかるか？」

高校のフットボール・チームにいたころ、〈ピット＝ベイトマン〉から後援会に多額の寄付があったことを思い出した。葬儀場がどこかは知らないが、調べればわかるだろう。彼はうなずいた。「父の遺品は？」

ブラックウッドは深いため息をつき、古いバンカーズチェアの肘掛けに両手を突いて立ち上がった。背丈はレッドと同じくらいだが体の線は大きく崩れていて、大きな腹が制服のシャツのボタンを圧迫していた。

保安官はレッドの横をすり抜け、ドアから受付へ顔を出した。「マギー？」と呼びかけたが返事がなかったので、自分の机に引き返した。「まったく、ときどきあの女のことを疑いたくなる」彼はポケットに手を入れてスマートフォンを取り出し、短いメッセージを送信した。「証拠品保管ロッカーから持ってこさせる」

「証拠品？」

「深い意味はない。物を入れて保管しているだけだ。一分もかからんよ」彼は生気のない目にほんの少し好奇心をたたえてレッドを見つめた。「これからどうするつもりだね？」

レッドは即答できなかった。ここへ来た目的はただひとつ、ＪＢを救い出すことだったのだが、彼の人生のもろもろと同じく徒労に終わった。自分の部隊と海兵隊を失望させ、ＪＢの期待にも応えられなかった。ＪＢが助けを求めてきたのに、自分はそこにいなかった。

〝トラブルが戸を叩いてきた〟

ＪＢはトラブルに遭い、もうこの世にいない……

自分が何をすべきかはわかっていた。椅子に掛けたまま体をまっすぐ伸ばし、「何日か父の家に泊まって、いろいろ整理するつもりです」彼はズボンの後ろポケットからくしゃくしゃの保安官通知を取り出し、机の上に投げた。「お返しします」

この違反行為にブラックウッドは眉を吊り上げた。レッドは何か言えるなら言ってみろと無言で迫ったが、ブラックウッドはまた彼の視線を受け止めた。「トンプソンさんの死亡診断書をもらうには、州の保健福祉局に申請書を提出する必要がある。遺品の処理にはそれが必要だ。裁判所へ行けば手続きしてくれるだろう」

話が終わったとき、私服姿の恰幅（かっぷく）のいい女性が事務所に入ってきて、保安官にマニラ封筒を渡した。ブラックウッドはそれを机の上にすべらせた。あとはレッドにまかせるという意味だ。

レッドは気力をかき集めて椅子から立ち上がり、封筒をつかんだ。開封し、保安官の机の上に中身を空けた。

ＪＢの財布と鍵と小銭、そして、彼が何十年も携行していたケース社製のポケットナイフ。柄の部分が動物の骨でできているそれをレッドは開いた。刃は長年砥石で研がれ、磨り減っていたが、切れ味に影響はなく、充分使えそうだ。レッドはナイフを閉じて自分のポケットに入れた。「父はｉＰｈｏｎｅを持っていた。どこにあるんですか？　現場になかったんですか？」

ブラックウッドはちらりと机を見た。「彼の身辺から見つかったものは全部その封筒に入れた」彼は口調を和らげて言った。「もういちど家をよく見てみなさい。彼のトラックは調べたのか？」

レッドは眉をひそめたが、首を横に振った。

「見つからなかったら電話をくれ。問い合わせ先はヘップワース保安官代理だ」

「シェーン・ヘップワースですか？」

「知り合いかね？」

「ええ」レッドはＪＢの持ち物を封筒に戻して無言でドアへ向かった。

ＪＢの死を事故と断定する前にこの保安官がしかるべき調査を怠ったのは明らかだ。この男が怠け者なのか、それとも手抜きの仕事には別の理由があるのか、レッドには判断がつかなかった。

この男が何かを隠している可能性はあるだろうか？　彼はそう考えながらドアを押し開け、冷たい空気の中へ足を踏み出した。

二つ確かなことがあった。ブラックウッドは信用できない。そして、保安官が調べないなら自分で調べるしかない。

14

ピット＝ベイトマン葬儀場は先刻レッドが通り過ぎた在郷軍人会支所の真向かいにあった。灰色の漆喰が塗られた地味な感じの建物で、看板も見逃してしまいそうなくらい目立たないものだった。裏手の駐車場に車を入れたところで、屋根付きポーチの下にあるキャデラックの白い霊柩車が見えた。

レッドはラプターのエンジンを切って座席の背にもたれた。

葬儀場の前へ来ると、すべてが現実味を帯びてきたが、レッドの感覚は麻痺してきていた。悲しむことはあとでもできる、と彼は自分に言い聞かせた。しかし、その前にやるべきことがある。

答えが必要だ。

玄関のドアを引き開けると、チリンとベルが鳴った。展示室に足を踏み入れると、黒檀と金属の棺がいくつか見えた。奥の棚に、石や磨かれた鋼鉄、銅、真鍮、白目、堅木と、さまざまな素材の装飾的な骨壺が並んでいた。右手にガラス張りの事務室があり、重役用の机と椅子が見えた。展示室には、十字架で磔に遭ったキリストの遺体を聖母マリアが膝に抱いて悲嘆に暮れているミケランジェロ「ピエタ」の石膏模型があり、その横で室内噴水がゴボゴボと音をたてていた。頭上のスピーカーから静かな音楽が流れている。

背広姿の中年男性が事務室の机から立ち上がり、急いで彼を出迎えた。「レッドさんですか？」

男性はふつうの挨拶を控えて丁重な低い声で話しかけてきた。ありふれた質問に気まずい答えを返さないための方便なのだろう、とレッドは思った。

彼はただうなずいた。

「あなたがお立ち寄りになるとブラックウッド保安官からうかがいまして。マルコム・ピットと申します。今回のご不幸にお悔やみ申し上げます」

「ありがとう」

「おつらい時期でしょうね。葬儀の手配でお手伝いできることがありましたら、お申しつけください」

「ご親切はありがたいが、何もする予定はありません」

「教会の儀式も？」

「父は信心深くなかったので」

「ささやかでも亡くなった方にふさわしい追悼があるかと思います。なんでしたら展示室をお貸しすることも――」

「父に会いたいのだが」レッドは感情のこもらない声でそう言い、その先の言葉をさえぎった。

ピットが眉根を寄せた。「ブラックウッド保安官から、お話は？」

「何の？」とレッドは尋ねた。

「お父様は、その……火葬に付されました」

「何だと？」この知らせも腹にこたえた。

憤激の沸騰を感知したらしく、ピットはあわててこう言い足した。「遺体の処理の仕方はトンプソンさんの遺書に明記されておりまして」

「ＪＢが遺言を？」なぜおれはその話を聞いていないんだ？

「ブラントンさんが手配してくれました。あなたに連絡が行っていないとは驚きです」

「自分は……」と口を開いたが、その先を言いたくなくて言葉をにごした。

ピットはガラス張りの事務室に入って名刺を取り出し、戻ってきてレッドに渡した。

ファーリー・〝デューク〟・ブラントン

弁護士
遺言、信託、不動産

住所はこれまたブロードウェイで、西に二ブロックのところだった。レッドは名刺をシャツのポケットに押しこんだ。

「検視は？」彼はなんとか声を絞り出した。

「なかったと思いますが、保安官に確かめていただけたら」

「わかった、そうしよう」

「お選びになった骨壺に遺灰を移すことも可能です」とピットは続けた。「わたしの部屋においでいただければ、廉価なオプションもお見せします」

レッドはかぶりを振った。この弁護士と話す必要がある。「いや、けっこう」と彼は言った。「灰をくれるだけでいい。あとは自分でやる」

ピットは口をすぼめて軽いいらだちを示したが、ひょいと頭を下げて媚びるようにうなずいた。「少しお待ちを」

ピットが事務室に戻り、机の後ろにある別のドアから姿を消したところで、レッドは壁にもたれた。火葬されたという話にまだショックを受けていた。ここへ来たのは、自分の目でJBを見ないと今後もずっと疑念が残りそうだったからだ。どんな経緯で死んだのか。死因は何だったのか。

そもそも本当に死んだのか、という疑念もあった。

しかし、その事実が動かせないことは内心わかっていた。トラブルは戸を叩いてきただけではなかった。玄関ドアから入りこんでJBをこの世から消し去ったのだ。

これでは、さよならを言うこともできない。

ピットは靴箱より少し大きな黒いプラスチックの箱を手に戻ってきた。頼まれもしないのに蓋を持ち上げ、チョークのような白い粉が詰まったビニール袋を見せた。

「それが……父か？」レッドはかろうじて言葉を絞り出した。

ピットはうなずき、レッドが説明を求めていると思ったのか、こう付け足した。

「人体の七割は水でできています。平均的な成人男性の遺灰は二・七キロほどで」彼は蓋を閉め直して箱を差し出した。

レッドは時限爆弾を拾い上げるかのように、慎重にそれを受け取った。両手でその重みを感じた。

馬の鞍の上でぴんと背すじを伸ばしてナーフ社製プラスチックバットのように鍛冶屋のハンマーを振り、広い肩に迷子の子牛をのせて家まで運んできた男の姿が甦ってきた。

カウボーイ、戦士、父。

残ったのはこれだけか？

三キロたらずの灰だけなのか？

ちがう。これで終わりじゃない。レッドは胸に誓った。何があったのか、おれが真相を突き止めてみせる。

15

デューク・ブラントンは大柄な男だったが、かならずしも健康的な体つきではなかった。真っ赤な顔をしていて、日に焼けているのか赤ら顔なのか見分けはつかなかったが、アウトドア好きらしいごつごつした乾いた手をしていた。壁には、地元の政治家や有名人とエルク狩りやキジ撃ちに出かけたときの額入り写真といっしょに、大型狩猟動物の頭部やフライロッドやライフルが飾られていた。胴回りの太さをものともせずに彼はパッと立ち上がり、特大のマホガニー机の向こうから出てくると、顔に満面の笑みを貼りつけて握手のために肉づきのいい手を差し出した。

「マシュー・レッド！　よく来てくれたな」ブラントンはポンプのハンドルのように握手した手を振り、机の前に置かれた革張りの椅子二脚のうちの一脚を身ぶりで示した。「いやはや、大きくなったもんだ」

放っておけば一方的にしゃべりまくりそうだ。レッドはすぐ本題に入った。「葬儀場のピットさんと話をしてきました。ＪＢは遺書を残していたそうだが、本当ですか?」

川を観察して釣り針を投げ落とすのに最適な場所を探している釣り人のように、ブラントンは机越しにレッドを見つめた。そのあと机の上の茶色い書類挟みに手のひらを当て、レッドの前へすべらせた。レッドはそれを開いて書類の最初のページに目を落とした。いちばん上に大きな太い字で〝ジェイムズ・ロバート・トンプソンのモンタナ州取消可能生前信託〟とあった。

その下に日付があった。十五年前。レッドが牧場に来た数週間後だ。

レッドの目は涙でかすみ始めた。

「あの男は本当にきみを誇りに思っていた」とブラントンは言った。「きみが新兵訓練プログラムを修了したときは、やっこさん、シャツのボタンを全部飛ばすんじゃないかと思ったよ。きみが空に月を吊るしたみたいな喜びようだった」

ブラントンは一瞬の間を置き、少し改まった口調で言った。「四ページ目を見るとわかるが、きみはただ一人の受取人だ。彼はこの生前信託にありとあらゆるものを詰めこんだから、遺言による検認は必要ない。不動産関係の権利や銀行口座、あらゆるものがきみに直接相続される」

JBが所有していたものを全部相続するという考えには大きな違和感があった。JBのいない世界など想像もしなかったからだ。レッドは首を横に振った。「ブラントンさん——」

「どうかデュークと呼んでくれ」

「デューク。ここに伺ったのは、ＪＢは自分が死んだら火葬に付すよう指示していたとピットさんから聞いたからです。それは本当ですか？」

ブラントンは即答した。「いかにも」彼は書類挟みを指さした。「文書の最後に添付された書類にそう書かれている。大騒ぎされたくなかったのだな……想像はつくと思うが。正直、うちのお客さんには、そういう細かなところまで文書化して決めておかない人が多すぎる。結果、相続人たちはどうすべきかについて最悪のタイミングで言い争うことになる」

レッドは眉をひそめた。「ただ、彼に会う機会が欲しかった……つまり、そうする前に……」

ブラントンは申し訳なさそうに両手を広げた。「すまんが、マッティ。われわれは努力した。きみを探し出すための、あらゆる努力を」

「検視は行われたんですか？」レッドはさらに尋ねた。

ブラントンは首を横に振った。「これもジム・ボブの遺志に沿ったことで、死因に不審な点がなかったため、死後の検査は必要ないと判断された」

レッドはブラントンの肉づきのいい顔を観察した。元々法律家という人種に本能的な不信感を抱いていたが、先日キャンプ・ペンドルトンでＪＡＧの検察官に接したことでその思いが強化されていた。怪しいところはないか？「馬の上から投げ落とされたと聞きました」レッドは抑制を利かせた声で言った。「なのに、ＪＢの家には馬も、ほかの動物もまったく見当たらないんです」

「たしか、ヘップワース保安官代理がその馬を回収して、どこかに保護してもらえるよう手配したはずだ」

答えの半分でしかない気がした。いかにも弁護士らしい受け答えだ。レッドは次の言葉を慎重に選んだ。「ＪＢは何かトラブルを抱えていたりしなかったですか？」

ブラントンは首をかしげた。「きみは彼と定期的に連絡を取っていなかったのだね」

「あまり話はしていなかった。海兵隊の活動が忙しくて」レッドはいつもの癖で現在形を使ってしまい、直後に少し顔をしかめた。「先週、父が電話をかけてきました。何か難しい問題を抱えていると思わせるメッセージを残していた。そのとき自分は連絡を取れない状況だった。留守番電話に気づいてかけたものの、いっこうに電話が返ってこないので、すべてを中断して駆けつけたところ、亡くなっていたというわけです」

ブラントンは穴が開くほどまじまじとレッドを見た。「彼はどんな伝言を？」

レッドはこの質問にむっとした。ブラントンには関係のない話だ。「内容より、その言い方が気になったもので」

ブラントンは椅子の背に体をあずけ、放心したように重いボールペンを手に取った。「わたしはジム・ボブを心から尊敬している。働き者で、真っ正直で、約束を守る男だった。言うまでもないことだが、いまは個人経営者にとって厳しい時代で、彼はたいていの人より経営の側面が不得手だった」

「父はけっしてお金のために牧場を始めたわけではない。彼が愛したのは土地であって、金持ちになることではなかった」

ブラントンはあいまいな感じのうめき声を発した。「実は、彼は大きな赤字を抱えていた。あの土地と家には、ＪＢが町のあちこちで借りたお金に抵当権が設定されている。完済するつもりだったのだろうが、最後のほうは苦しくなっていた。未納の税金にかなりの先取特権が付されている。実に、二万七〇〇〇ドルほど」

レッドはどう答えたものかわからなかった。

「売却しなければいけないのは彼もわかっていたと思う」ブラントンは続けた。「きみに伝えたかったのはそのことではないかな。この混乱に射しこむ光がひと筋あるとしたら、それは、あの土地には彼が借りたお金よりずっと大きな価値があることだ」

どういう意味か、すぐには理解できなかった。「もういちどお願いできますか？」

「率直に言おう。わたしが代理人を務めている別の顧客がこの不動産の購入に興味を示している。利益相反の問題があるので、ここで具体的な話はできないが、不動産仲買人を見つけて代理交渉してもらうことをお勧めする。すべてが清算されたあと、きみはかなりのまとまった金額を手にして立ち去ることができるはずだ」

「ＪＢの牧場を欲しがっている人が？」

「まあ、厳密に言えば、いまはきみの牧場だが」

「その人は？」とレッドは尋ねた。利益の出にくい凋落（ちょうらく）した牛の牧場をなぜ買いたがる人がいるのか？

ブラントンは困った顔をした。「それは言えない。顧客に対する守秘義務というやつで」

レッドは椅子の中で居住まいを正し、がっしりした前腕を木の肘掛けに置いた。

「なるほど、つまり、ＪＢもあなたの顧客だったのに、この土地が手に入るかもしれないことをほかの客に漏らしてしまったわけだ」

自分の仕掛けた罠にはまって狼狽（ろうばい）したらしく、ブラントンは眉をひそめたが、そこで彼は肩をすくめた。「まあ、きみに話しても害はないだろう。秘密というわけでもない。実は、きみの隣人の一人だ。ワイアット・ゲージという」

その名前にはどこか聞き覚えがあったが、幼いころの記憶ではない。「ゲージという隣人には覚えがない」

「そう、この地域では新参者だが、この町に巨額のカネを呼びこんでいる。すでにあそこに隣接する土地を買い上げ、今後も継続的に広げていきたいと考えている。彼は何週間か前にジム・ボブに寛大な申し出をしたんだが、なにせ、あの老カウボーイは頑固者だ」

つまり、そのゲージとやらは少し前からJBの土地に目をつけていたのだ、とレッドは胸の中でつぶやいた。そのJBが〝事故〟で亡くなった。このワイアット・ゲージとやらについて、もっと知る必要がある。

「ゲージ」とレッドはつぶやいた。「この名前には聞き覚えがある」

「父親のアントン・ゲージのことではないかな」

レッドは片方の眉を吊り上げた。「科学技術（テック）系億万長者の？」

「それだ」ブラントンはまた椅子の中で体の位置を変えた。「わたしが口出しすることではないかもしれないが、もしよかったら、ワイアットとの非公式な仲介役を引き受けよう。適正な価格を提示してくれると思う。そういう取引をするから、このあたりのほとんどの人は彼を気に入っている。カリフォルニアの出身であってもな。それがジム・ボブのためにわたしができる、せめてものことだ。借金を完済し、きみにちょっとした将来の蓄えを残してあげられる。どうだろう？」

レッドはなんとか笑顔をとりつくろった。「申し出には感謝します、ブラントンさん。考えることが多すぎて、一度にはとても処理しきれない」

ブラントンは首をかしげた。「それはよくわかる。わたしはきみに極力面倒がない形にしようとしているだけだ。二、三日、時間をあげるから、落ち着いて考えをまとめるといい。それからまた戻ってきて、よく話し合って、きみにとってどうするのが最善の方法か、答えを見つけよう。それでどうかね？」

レッドは立ち上がった。二人で握手を交わす。レッドは書類挟みを掲げた。「いろいろありがとうございました、ブラントンさん」

「どういたしまして。力になれることは何でもしよう。こんなちっぽけな町で立ち往生していても仕方がない」

16

レッドはブラントンの事務所前に駐車したラプターの運転席に座り、ＪＢの遺灰が入った箱を見つめた。「どんなトラブルに巻きこまれたんだ、親父？」と、彼は問いかけた。幽霊とか霊能力者とか、その手のくだらないものは信じていないし、死後の世界をどう考えるかも決めていなかったが、いまこの瞬間、ＪＢともういちど言葉を交わせるなら、どんなことでもしただろう。

ｉＰｈｏｎｅを取り出し、ＬＴＥの受信状態がフルバーになっているのを見て、うれしい驚きを覚えた。この土地を離れた八年前、ウェリントンでスマートフォンを使っている人間はいなかった。町外れのほとんどでは４Ｇはおろか、携帯電話によるふつうの通話さえかなわなかった。

状況の変化があったのかもしれない。

〝ワイアット・ゲージ〟を検索しても、関連情報はわずかしか得られなかった。そのほとんどは過去のニュース記事で、たいていはアントン・ゲージの息子という文脈で触れられていた。

アントン・ゲージの情報はたくさんあった。著名なハイテク億万長者のクローン組織を寄せ集めて作られた、フランケンシュタインの怪物のような人物だ。ジェフ・ベゾスの資金と、イーロン・マスクの念入りな計画を立てたがる傾向と、リチャード・ブランソンの陽気な美貌が一人の中に同居している。前者二人と同じく電子商取引で最初の成功を収め、特に安全なオンライン取引に革命をもたらす暗号化プロトコルの構築に寄与し、その後、もっと独創的な企業に投資した。彼らとちがってゲージの関心は宇宙の植民地化でなく、母なる地球を〝救う〟ことへ向けられた。世界の食糧供給を管理し直すことに主眼を置き、遺伝子操作した穀物で飢餓に苦しむ世界の人々に食糧を供給するいっぽう、植物ベースの食生活を広く提唱している。アントンに関する報道はおおむね好意的だった。彼の将来の展望について批評家が口にした最悪の言葉も〝非現実的〟にとどまっている。

対照的に、ワイアットはほとんど目立たない存在だった。しかし、検索でヒットしたひとつに、ボーズマンに本社を置きワイアットが社長を務める〈ゲージ土地開発〉のホームページがあった。彼の経歴にはほとんど触れられていなかったが、レッドは何分かかけてこのウェブサイトにざっと目を通した。その見た目も書かれている内容も富裕な投資家たちを誘惑する洒落(しゃれ)たパンフレットの体(てい)をなしていた。ワイアットはウェリントン郊外の土地を開発して、イエローストーン国立公園の南に位置するジャクソンホールのような超富裕層が大自然を楽しむ一大名所にしたいと考えていた。アメリカバイソンが放し飼いにされている野原の写真には〝バッファローがうろつく場所に家を建てよう〟という見出しが添えられていた。しかしこれは〝地元の田舎者たちから安全な距離を保てる場所〟の裏返しとも取れる。スティルウォーター郡を故郷と呼ぶ人のほとんどは、いずれ最低賃金のサービス業に就かされ、住宅市場にはまったく手が出なくなるだろう。

ＪＢはワイアット・ゲージを隣人に持つこと以上に、先祖代々の牧場がワイアットの計画に組みこまれることに憤慨しただろう。

悲しいかな、ＪＢの牧場を手に入れて得をするのはワイアット・ゲージだけではない。ワイアットの開発は地元の政治家や銀行家、つまり商工会議所に名を連ねるタイプの人々にとっての大金を意味し、それゆえ彼らはＪＢを自分たちの成功に立ちはだかる障害物と見なしたかもしれない。ブラックウッド保安官もデューク・ブラントンもその一員なのだから、調査は慎重に進める必要がある。

レッドは警察官ではないが、情報収集と尋問の訓練を受けてきた。さらに大事なのは、警察官でないから法の支配に縛られず、立証責任を果たす必要もないことだ。真相は、いずれＪＢを殺害した犯人を見つけたとき知ることになる。そのときはカウボーイの流儀で清算しよう。

〈ロイズ・スリフトウェイ〉で食料を調達したあと——ありがたいことに、見知った顔に出くわすことはなかった——幹線道路に戻って北へ向かった。

牧場への分岐点まで二キロくらいのところで、前方に複数のブレーキ灯が見えた。幹線道路が渋滞しているという事実だけで放心状態から揺り起こされた。交通渋滞が起こるなんて理屈が通らない。少し前にここを通ったときは道路工事のたぐいなどなかったし、事故が起きてもモンタナ州のドライバーは停止したりしない。ただ回りこむだけだ。彼は警戒を強めてブレーキを軽く踏み、前方の車が完全に停止しているのが明らかになったところで、最後尾のスバル・アウトバックから車半台分くらい後ろにラプターを停止させた。スバルのナンバープレートはミネソタ州のもので、後部窓にハイキングステッカーと、社会正義を呼びかけるメッセージが貼られていた。カリフォルニア州ならこの手のアピールは気にも留めなかっただろうが、ここでは違和感があった。モンタナ州の人々は、つまり少なくとも彼が子どものころに知っていた人たちは独立志向こそ強いが、伝統的な保守的価値観を好む傾向にあった。ワイアット・ゲージのような人間が好き放題すればそれも変わるのだろうか、と思った。

少し待ったあと、レッドは何が起こっているのかと窓から顔を出した。動かない車の列が五〇〇メートルほど先まで続いているのを見て、驚くと同時にとまどいを禁じ得なかった。遠くに、絞り染めのシャツを着てジーンズを穿いた者たちが道路の真ん中で両方向の通行を妨げていて、大きなバイソンが二、三頭とその仔たちがアスファルト道路をのんびり歩いているのが見えた。すでに道路の右側の開けた野原には、さらにバイソンが何頭かと、地元で〝赤犬〟と呼ばれる赤錆色の仔バイソンが集まっていた。草を食みながら、この道路から二〇〇メートルほど東を流れるミズーリ川のほとりまで来たのだろうと、レッドは推測した。このくらい北へ来ると、川幅は比較的細く、春の雪解け水は青色を帯びて流れていく。

　レッドはこの群れを見て少し驚いた。バイソンは州内を自由に歩き回っているが、通常の移動パターンでスティルウォーター郡を通ることはない。このあたりはまだ家畜の飼育が産業の中心だ。例外はテッド・ターナーが所有する〈フライングD〉のような大牧場だ。かのケーブルテレビの巨頭はモンタナ州有数の大地主で、アメリカバイソンをはじめ在来種の回復に土地の多くを捧げていた。レッドは〈ゲージ土地開発〉のウェブサイトにバッファロー関連の記述があったことを思い出した。どうやらあの計画はもう動きだしているらしい。

　レッドは見晴らしの利く場所にいたため、毛むくじゃらの動物がもう路上にいないのはわかったが、車の流れはほとんど回復していない。少しして、その理由がわかった。

絞り染めのシャツを着ている者たちの一人、ボサボサの長髪で前腕にタトゥーを入れてあご髭を生やしている男がオレンジ色のバケツを手に、レッドの前にいるスバルの運転席へ近づいてきた。短いやりとりがあったあと、スバルの運転手は手を伸ばし、ひと握りのドル紙幣をバケツに落とした。

ボサボサ頭がやせっぽちの腕を上げて感謝の仕草をした。スバルはその場を動かず、まるで意図的にレッドの逃げ道をふさいでいるかのようだ。いつもなら路上の物乞い(ものご)に我慢したりせず、動かない車を回りこんでいただろうが、モンタナ州の田舎ではきわめて珍しい光景だったため、彼は好奇心に駆られた。

若い男は、レッドがロサンゼルスのどや街でホームレス復員兵のためのチャリティに参加したとき見かけた人たちに似ていた。彼らのほとんどは薬物や心の病、あるいはその両方で心身に深刻なダメージを負っていたが、怠け癖が過ぎてまともな仕事を見つけられない物乞いたちもいた。

このボサボサ頭は後者の部類だろうと、レッドは推測した。

男はもじゃもじゃのあご髭に笑みを浮かべてレッドの車に近づいてきた。サイケデリックなシャツの真ん中に描かれたバイソンの絵を〝戦う機会を大自然に与えるバッファロー戦士〟という文字が囲んでいた。

「いいトラックだな、兄ちゃん！」ボサボサ頭が窓に顔を近づけてきた。息にマリファナの臭いが感じられた。

「なあ、止め立てして悪いが、おれたちゃ赤犬どもを見張ってるのさ。あのちびたちにぶつかられちゃまずいだろ。トラックがひでえことになる」彼はバケツを掲げた。前面に油性マーカーの下手な字で〝モンタナ州の野生生物を救え〟と書かれていた。

「協力に感謝するぜ、兄ちゃん」

レッドは笑みをこらえてバケツの中をのぞいた。小額紙幣と小銭が入っていた。

「何に使うんだ？」

「カネは世の中を動かすのさ、兄ちゃん。わずかな額でも、そのひとつひとつがあそこのバッファローたちに救いの手を差し伸べるんだ」男は野原に立つ大きな動物を指さした。「バッファローは好きだろう？」

レッドの前のブレーキ灯が消え、スバル・アウトバックが走り去った。

「やつらはバッファローじゃなくバイソンだ」とレッドは指摘した。

ボサボサ頭はぽかんとした目で彼を見た。「ああ、たしかに」

「もちろんバイソンは大好きだ」レッドは愛想よく続けた。

「だろ。すげえやつらさ」男はバケツを揺すって硬貨をジャラジャラいわせ、寄付をうながそうとした。

「ただし、調理するときは火加減に気をつけろ」レッドはそう言ってラプターのギアを入れた。

車は走りだし、男の叫び声があとを追った。「ちくしょう、ろくでなし！」

道路わきに〝バッファロー戦士〟があと四人いた。男が二人に、女が二人。みな二十代か三十代で、ボサボサ頭と同類だ。対象が環境（エコ）だろうが何だろうが、とうてい戦士には見えない。中指を立てているボサボサ頭がルームミラーに見えて、レッドは笑った。

自分が最後にあの仕草をしたのはいつだっただろう。

しかし、速度が上がり始めたあたりで彼の顔から笑みが消えた。この〝バッファロー戦士〟との遭遇にはどこか彼の神経に障るところがあり、それは彼らに反射的に不快感を覚えたからだけではなかった。

要するに、ここに似つかわしくない連中だからだ。ボーズマンやビリングスのダウンタウンならともかく、ここにいることには違和感がある。いちばん近い町からでも二五キロ離れているこの辺鄙な土地で、物乞いをして食いぶちを稼いでいるとはとても思えない。どこかから支援を受けているのだ。援助しているのは誰なのかと好奇心に駆られたが、本当に知りたかったのは援助している理由だ。

ＪＢが心配していたトラブルがあいつらだったとしたら？

〝バッファロー戦士〟には見直しの必要がありそうだ。
必要な睡眠を取ったあと。

17

レッドはキッチンのカウンターに食料品を置き、かつて自分が仕留めた鹿の頭部の下、大きな暖炉の炉棚にJBの遺灰が入った箱を置いた。これをどうするかは、またあとで考えよう。少し肩の荷を下ろし、携帯電話のタイマーを二時間後にセットして、ソファにひっくり返り、前腕で目を覆って忘我に身をゆだねた。

ところが、眠りはユニコーンのようにとらえどころがなかった。眠りに落ちかけるたびハッと目を覚ました。ここは営倉かと思って目覚め、ひどいときは、行きずりの見知らぬ人間のレンタルハウスで憲兵四人がドアを破って飛びこんできた場面で目を覚ました。

オルソン大佐の嘲(あざけ)りの声が聞こえた。「何が起こったか教えてやろう、レッド軍曹。おまえがその生意気な口を開いたために、部隊は全滅した。待ち伏せを受け、空から吹き飛ばされたのだ」

アラームが鳴ったときはホッとしたほどだ。ソファから体を起こし、座る体勢に戻った。頭が割れそうに痛い。あと六時間から八時間ぶっ続けで熟睡する必要があったが、ここで眠りに戻れば体内リズムが完全に狂ってしまう。それに、今夜はいくつか予定がある。眠らず、コーヒーを淹れて頭の中を整理することにした。

その前に、アスピリンを二錠。

ＪＢが薬箱を置いていた奥の主浴室へ向かった。鏡張りの扉を開けて目に飛びこんできた光景に驚いた。

薬瓶が三十近くあった。

ラベルをいくつか確かめた。いくつかの一般名から鎮痛剤とわかった。かなり強い薬だ。あとの薬はわからない。あとでググってみよう。

なぜこんなに薬が？

レッドはアスピリンを二錠、口に放りこみ、蛇口をひねって手に受けた水で流しこんだ。シャワーを浴びようかと思ったが、体の汚れ以上に腹が減っていると判断した。歩兵時代、土の中でたっぷり時間を過ごしてきたおかげで、少々の悪臭や汗は気にならない。民間人になったいまは、また文明人らしくする必要があるのだろうが。

今日は別だ。

レッドはよろめく足でキッチンへ行き、習慣の人だったＪＢがコーヒーとフィルターを置いていた飾り戸棚へまっすぐ向かった。コーヒーメーカーに紙のフィルターをセットして、半分に減っていたフォルジャーズの缶から粉をすくい、ポット一杯分の水をそそいでスタートボタンを押す。

コーヒーメーカーがコポコポ音をたてるあいだに、何か食べることにした。フリジデア製の古い冷蔵庫の扉を引き開け、中身を確かめる。あまり入っていない。野菜室にはゴムのようなニンジンが何本かと、半分になったディル・ピクルスの瓶があった。肉の引き出しにはスライスした七面鳥があったが、少し緑がかっている。においを嗅いだ結果、そのままごみ箱へ直行となった。牛乳もジュースもないが、JBが長年愛飲していたドクターペッパーが二缶あった。彼はとても習慣に忠実な男だった。いちばん上の棚には栄養剤のエンシュアが整然と並んでいて、ラベルはすべて同じ方向を向いていた。

エンシュア？　どういうことだ？

レッドの一部はすでに答えを知っていたが、それを受け入れたくなかった。

空っぽに近い冷蔵庫から食料戸棚へ移動したが、そこには驚くほど何もなかった。レッドもJBも台所を切り回す腕とは無縁だったが、JBは燻製器やグリル、焚き火の魔術師だった。この八年でレッドが食べてきた食事の半分は携行食だったから、食通とは言いがたい。それでも、かつてJBは戸棚に缶詰を常備していた。スープやチリなど温めて食べるタイプのものを、どっさりと。レッドにはまだ対処する準備ができていない不吉なメッセージを、空っぽの戸棚がまたひとつ送ってきた。ディンティ・ムーア（米国の缶詰食品ブランド）のビーフシチュー缶を残して、買ってきたものを全部戸棚にしまった。缶詰の蓋を開けようとしたとき、外の土をタイヤが踏みしめる音がした。

誰だ？

正面の大きな窓から外を見ると、ラプターの横に公用車めいた黒いSUVが駐まっていた。レッドがドアを開けると同時に、玄関前をブーツが踏みしめた。

この男を最後に見てから十年くらい経っていたが、スティルウォーター郡保安官代理の茶色い制服を着ていてもすぐに誰かわかった。

「マット・レッド、久しぶりだな。元気だったか？」シェーン・ヘップワースは百万ワットの笑顔をひらめかせて大きな手を差し出した。

レッドはその手を取ってうなずいた。「元気だ」

ヘップワースは年上だが二、三歳しかちがわず、背丈もほとんど変わらない。ブロンドの豊かな髪に青い目と、カリフォルニアのサーファーのような端正な顔立ちをしていて、当時はチアリーダーたちを熱狂させたものだ。レッドが高校の代表チームの練習に初めて参加したとき、ヘップワースはシニアクォーターバックとして先発出場していた。フィールドでは相性がよかったが、シェーンは遊び人で、レッドとは無縁の社交世界をあちこち巡っていた。容姿端麗なクォーターバックは裕福な家庭に生まれ、郡の中でも裕福な地域に暮らしていた。父親は牛の仲買人、母親はボーズマンで歯科医院を開業していた。にもかかわらず、フィールドに立った二人は魔法がかかったような絶妙のコンビだった。ヘップワースは自分が全力で投げたパスをキャッチしタックルを突破してタッチダウンを決めるレッドの能力に、みずからの栄光の道筋を見ていた。だが、レッドが牧場の仕事をするため突如チームから姿を消したとき、シェーン・ヘップワースは状況を確かめにこようともしなかった。本当の友人が誰か知ったのはそのときだ。仲間の一人マイキー・ダーハマーは可能なときには手伝いにきてくれたし、町を去るまで行動を共にしていたが、シェーンの姿はどこにもなかった。

「ジム・ボブのことは本当に残念だった」とヘップワースは言った。「ブラックウッド保安官からきみが立ち寄ったと聞いてね。ちょうどシフトが終わったところで、これが必要かもしれないと思って買ってきた」彼は〈スリフトウェイ〉のロゴが入ったビニール袋を差し出した。

レッドが受け取ると、そこにはビールの六本入りパックが入っていた。

〝贈り物を持ってくるギリシャ人には注意しろ〟という古いことわざがなかったか？

「ありがとう」とレッドは言った。「入ってくれ、一本開けよう」

ヘップワースはにやりとした。「では、遠慮なく」

18

レッドはデシューツのブラックビュートポーターというオレゴン州のビールを袋から二本取り出して、残りを冷蔵庫に入れた。栓抜きで蓋を開け、一本をシェーンに渡すと、シェーンは招かれるのを待たずに食堂室の大きなテーブルに着いた。

「黒ビールだが、いいか？」とヘップワースは言った。「ＩＰＡは苦手なんだ。運動用の古い靴下みたいな味がする」

「おれはドライでなくて冷えていたらそれでいい」レッドは言った。「たいていのビールはドライじゃない」

「ジム・ボブ・トンプソンに」とヘップワースは言い、ビール瓶を掲げた。「彼は最後の本物のカウボーイだった」

レッドはビール瓶の首をヘップワースの瓶の首に軽く合わせて〝ＪＢに〟と言おうとしたが、声が出てこなかった。

レッドは黒ビールをじっくり味わった。いつも飲んでいるモデロネグラよりどっしりとした感じだ。「悪くない」と彼は言った。再度瓶を傾けた客人を彼は観察した。

「じゃあ……きみはいま、このあたりを管轄する保安官事務所にいるわけだ。フットボールの奨学金でアイダホ大学へ行ったというのが、最後に聞いた消息だった。いまごろはNFLにいると思っていたのに」

ヘップワースはさっと悲しげな笑みをひらめかせた。「ああ、アイダホ大でもクォーターバックで先発出場していたんだ。最初のシーズンで膝を故障した」

「それは残念」

「世の中、いろいろあるさ。少なくとも大学では勉強できた。刑事司法は右肩上がりの成長産業だし、一日じゅう机に向かっているよりずっといい」ヘップワースは瓶を傾けてぐっとビールを飲み干した。「きみは？　たしか海兵隊だったな？」

レッドはうなずいたが、詳しい説明はしなかった。

「紛れもない現実を見てきたんだろうな」

レッドはまたうなずき、戦争の話を避けるために冷蔵庫へ戻った。「お代わりは？」

「もちろん」

レッドはビールを二本、テーブルへ持ってきた。ヘップワースは一本を受け取るなり、またぐっと傾けた。

「きみがこっちへ戻っているのには、ちょっとびっくりした」とレッドは言った。

「どうしてボーズマンみたいな大きな町で働かないんだ？」

「おれが？　あのボーズ＝アンゼルスで？　まっぴらごめんだ。まあ、あそこで働くのはかまわない。あの界隈には可愛い子ちゃんもどっさりいる。しかし、紅茶キノコやキノアサラダやアボカドトーストは苦手でね。やっぱり、自分は小さな池の大魚でいたいんだ。もう二、三年ここで頑張ったら、保安官に立候補する準備も整う」

ヘップワースはそこで身を乗り出し、ささやき声で言った。「ここだけの話だが、兄弟。ブラックウッドはがらくただ。世間やら何やらに憤っている。何ひとつしない。勤務時間の半分は自宅に戻って酒を飲んでいるし、警察仕事はおれが一人で駆けずり回っている」

「そんな気がしたよ」とレッドは認めた。「あの男は地元の人間なのか？」

ヘップワースは首を横に振った。「いや。二、三年前にやってきた。新しい地元住民がここへ呼び寄せて、ボブ・リトルトン保安官の対抗馬に立てたんだ。彼らがブラックウッドに大金をつぎこむのを見て、ボブ爺さんは思ったのさ、そろそろ引退して、余生を釣りに費やす潮時かもしれないと」

レッドはボトルを掲げた。「ヘップワース保安官に乾杯」

「いいねえ」とヘップワースは言い、すぐさまビール瓶を傾けた。静粛を命じる裁判官が小槌を叩くように、半分になった瓶をドンと置いた。「ジム・ボブを見つけたとき、あらゆる手を尽くしてきみに連絡を取ろうとした。どこにいたんだ？」

ヘップワースが急に話題を変えたのは、刑事司法の学位を取得する過程で身につけた、一種の質問戦術なのだろうか、とレッドはいぶかった。だとすれば、もっと技術を磨く必要がある。

「オフグリッド、つまり送電網につながらない状況だった」とレッドは答えた。

ヘップワースはわけ知り顔でうなずいた。「海兵隊の極秘任務ってやつだな？　教えてもいいが、そのときはおれを殺さなくちゃいけないっていう」

「そんなところだ」

「それでも海軍の人事局には電話をかけた。どうしてもきみの連絡先は教えてくれなかった。家族の緊急事態だと伝えたときも」

「みなさんの税金が使われていますから」レッドはヘップワースが聞き流してくれることを期待しながらつぶやいた。「しばらくオフラインの状態が続き、ようやく携帯電話をチェックできたとき、ＪＢから電話があったことに気がついた。連絡が取れなかったから、トラックに飛び乗って全速力でここへ駆けつけたわけさ」レッドは一瞬の間を置いて、付け加えた。「ＪＢを発見したのはきみだと、保安官から聞いたが？」

保安官代理はビール瓶のラベルをつついた。「ああ、びっくりしたのなんの」彼はビールの残りを一気に飲み干した。

「もう一本いくか?」

「ワンケース持ってくるんだったたな」彼はにやりとした。「もらおう」

レッドはキッチンへ行って二本を手に戻ってきた。「だったら、何があったのか教えてくれ」

「そうだな」ヘップワースは深いため息をついた。「話せることがそんなにあるわけじゃない。誰かの家の庭にマウンテンライオン(ネコ科の大型野生動物)が出たという通報を受けて車を走らせていたから、ちょっと立ち寄ってみようと思いついたんだ。ときどき彼の様子を見にいっていた。日頃から目を配っておこうと」

レッドは眉をひそめた。知らずに行ったのか。「自由になる時間が、そんなにあるのか?」

ヘップワースは肩をすくめた。「ちょっと前に〈スペイディーズ〉でジム・ボブとばったり会った。元気そうに見えなかった。具合が悪そうだった。だから、彼の様子を見る役を買って出たのさ。一人暮らしだっただろ?」ヘップワースはビールをぐっと傾け、微妙とは言えない非難を宙に漂わせた。

もっともな指摘だったが、それでもレッドはヘップワースの喉にブラックビュートポーターの瓶を押しこみたくなった。

JBの留守番電話を聞いてから何度目か、〝おれはそこにいるべきだったのに〟と胸の中でつぶやいた。

「見つけた場所は？」

ヘップワースは家の裏手へあごをしゃくった。「古い狩猟小屋へ続く道を五〇〇メートルくらい行ったところだ」

「犯罪のにおいはなかったのか？」

保安官代理は怪訝そうにレッドを見た。首を横に振る。「その手のものはなかった。びっくりした馬に投げ落とされたんだ。ガラガラヘビに驚いたのかもな。それとも、猫のにおいを嗅ぎつけたのか。誰にもわからない。よくある話だ。発見時、頭を打った岩に血痕がついていたが、検死官によれば死因は首の骨折だった」ヘップワースは前かがみになってレッドの目を見た。「この仕事をしていてわかったことだが、何が起こったかは最初に見えた状況が物語っている。気の毒に、ジム・ボブ爺さんはひと晩じゅう馬の横で地面に横たわっていて、馬は番犬みたいにそこで彼を見ながら彼が起きてくるのを待っていたんだ」

レッドはビールをひと口飲んで熟考した。「納屋に馬がいないんだ」

「近所の人が引き取った。世話をしてくれている。よかったら、明日でもいつでも連れてこよう」

「それは自分でできる」

ヘップワースは肩をすくめた。「まあ、好きにしてくれ。力になれたらと思っただけだ」

「馬を引き取ってくれたのはジャコビー家の人か？」

「ジャコビー家？　あそこは四年前にいなくなった。ゲージに牧場を買収されて」

「ワイアット・ゲージに？」

「聞いたのか、彼のこと？」

「このあたりの土地を買収していると、デューク・ブラントンが言っていた。ここも買いたいと言ってくるかもしれないそうだ」彼はヘップワースが何か反応を起こさないか観察していたが、何も見えなかった。「じゃあ、JBの馬はゲージが？」

「ワイアット本人じゃなく、彼のところの家畜係が、処遇が決まるまで世話をすると約束してくれた」保安官代理はそこで少し間を置いた。「売る気は？」

レッドはかぶりを振った。「まだ数ある情報を整理しようとしているところだ。この土地は何代にもわたってJBの家系が守ってきた。考えるべきことがたくさんある」

「吹っ切って前に進め、兄弟。おれにはわかる。悪いことは言わないが、ここにはきみのためになるものはひとつもない。きみが出ていってからウェリントンはあまり変わっていない。悪いほうには変わったかもしれないけどな。このあたりの小さな牧場は事業が立ち行かないから、ワイアットみたいな大金持ち(リッチー・リッチ)が州外からやってきて買収する。古株はみんな解雇されて、最低賃金で雇い直される。仕事より人の数のほうが多いんだから、みんな苦しい。その結果、こういう町はどうなるか、想像もつかないだろう」

　想像ならつく、とレッドは思ったが、ヘップワースに話を続けさせることにした。

「どういう意味だ？」

「このあたりには麻薬の大波が打ち寄せた。アヘン剤。特にメス（メタンフエタミン）だ。麻薬のあるところには、それに付随するものが全部ついてくる。窃盗(せっとう)。売春」彼は首を振った。「スティルウォーター郡は出ていくにはいい場所だ。現金化できるチャンスがあるなら、それをつかんだほうがいい」

　レッドはあいまいなうめき声をあげた。「堕落した話で言えば、町から帰ってくるとき絞り染めのシャツを着た環境保護活動の集団に待ち伏せを受けた」

　ヘップワースは笑った。「〝バッファロー戦士〟か？　無害に近いやつらだよ」

「こんなど田舎でああいうのに出くわすとは思わなかった」

「ゲージ一家は環境保護活動に熱心でね。どういう連中が引き寄せられてくるかは言うまでもあるまい」彼は小ばかにしたように鼻を鳴らした。「いまいましい環境保護主義者どもだ。カリフォルニアのリベラルな連中は自家用ジェットで世界じゅうを飛び回っているくせに、地球を殺しているのはおまえたちだと決めつける」

「それはアントン・ゲージのことか？」

「誤解しないでくれよ。彼とその家族がやろうとしているのは立派なことだと思う。しかし、金持ちってのはそういうものさ。おれたちより自分たちのほうが賢いと思っている。でも、おれたちみたいな人間、つまりこの土地で育った人間こそが本当の自然保護論者だ。何世代にもわたって家族がこの土地で働き、暮らしてきたからこそ、おれたちはこの土地の価値を知っている」シェーンは人差し指でテーブルを突いた。

「おれたちにとってこの土地と水と青空は理屈じゃない。そこで狩りをしてきた。そこで釣りをしてきた。そうやって生きてきた。アントン・ゲージみたいな部外者にとやかく言われる筋合いはない。この土地と調和して生きてきたんだ」

こいつは、おれたちがここでいっしょに育ったのを忘れたのか、それとも自分のたわごとを信じ始めているのか。

レッドは信じられない思いをかろうじて顔から隠した。いまから公職に立候補して遊説に回っているような口ぶりだが、〝民衆の味方、土地の擁護者でござい〟と言われても、彼といっしょに育った人間には空々しく響くばかりだ。ヘップワースは裕福な家庭に育った。彼の家族にとって狩猟や釣りは余暇の娯楽であって生き方ではなかったし、食いつなぐためにしていたことでは絶対にない。デシューツのビール三本で舌がなめらかになっていなければ、ここまで歯に衣着せない話をしただろうか、とレッドは思った。

「もっとも、おれはいま、ワイアットと……」ヘップワースは続けた。「とても仲よくしている。あの男は不動産屋だからもう少し現実的だ。とても利口なやり手だよ。自分の土地と接しているから、きみの土地を欲しがるのは無理もない。一考の価値はあるぞ。彼は適正な提案をしてくる。適正以上の提案を」

とつぜんの方向転換にレッドは一瞬、言葉を失った。ちょっと待て、アントン・ゲージら〝リッチー・リッチ〟なエリートは一般民衆を踏みつけにする疫病神だと言っていた舌の根も乾かないうちに、ワイアット・ゲージは〝利口なやり手〟とはどういうことだ？

保安官選出馬の資金をゲージに頼りたいのかもしれない、とレッドは思った。

ヘップワースが腕時計を確かめる仕草をした。「そろそろ夕メシの時間だし、ビールも切れたから、ここらでおいとましよう」彼は声を低めて、「いろいろ大変だと思う。何か必要なことがあったら電話をくれ」と付け加えた。

レッドはうなずいたが、そのあと、「その前に、ひとつ不思議に思っていたことがあるんだ」と言った。

「それは？」

「ＪＢの電話が見つからない。心当たりはないか？」

ヘップワースは肩をすくめた。「彼を見つけたときにはなかった。現場の近くにも。玄関の鍵はかかっていなかったから、きみに連絡しようと中を調べたんだが、見つからなかった。トラックにもなかった。その時点で、携帯電話は持っていないのだと思った」

「持っていたのは間違いない。おれが買ってやって、ときどきそれで話していたんだから。充電器は引き出しにあった」

保安官代理は口をへの字に曲げて首を横に振った。「うーん、そこを見落としたか。まあ、引き出しや何やを引っかき回してまで調べはしなかったからな。それでも、机に住所録があったから、きみの電話番号は調べた。そこには書かれていなかった」

「携帯電話に入れてあったからだ」

ヘップワースはまたため息をつき、この問題にいらだってきたようだとレッドは思った。「まあ、携帯電話を持っていたというなら、どこかで落としてしまったんだろう。よかったら、あちこち当たってみよう」

「明日、調べてみる」

「調べる前に、その番号に電話をかけてみてくれ。バッテリーが切れていない可能性もある」

「いい考えだ」とレッドは言ったが、そんなに長持ちするわけはない。それに、どこを探してもあの電話は出てこない気がした。問題は、あれを行方不明にしたいと思ったのは誰かだ。

「さっきも言ったが、きみに連絡がつかなかったのが残念でならない」ヘップワースは一瞬の間を置き、そこでひらめいたかのように続けた。「何かわかったときのために、きみの電話番号を教えてくれないか？」

レッドは首を振った。「おれがどこにいるかはわかっているだろ」

いまのごまかしをヘップワースは不審に思ったかもしれないが、そんなそぶりは見せなかった。

レッドは彼についてSUVまで行った。「決めるのはきみだ。またそのうち」

シェーンは鼻で笑って車に乗りこんだ。「次はそっちのおごりだぞ」

「運転して大丈夫なのか、保安官代理？　飲酒運転で捕まるなよ」

「いいとも」

「よかったら、ワイアットに電話して、売却に興味がある旨を伝えておこうか？」

「興味を持てるかは、まだわからない」

「まあいい。気が変わったら教えてくれ」

レッドはただ肩をすくめた。夕暮れの中を離れていくSUVを見ながら、彼は満足の笑みを浮かべた。答えが全部手に入ったわけではないが、いろんなことがわかった。頭痛も薄れてきた。今夜は長い夜になるだろうから、その点はありがたい。ＪＢに捧げる乾杯のひと口しかビールを飲まずにすんだのもよかった。ヘップワース保安官代理はそれに気づきもしなかったが。

19

ヘップワースが帰ったあと、レッドは先送りにしていた夕食に取りかかり、ディンティ・ムーアの缶詰を缶から直接食べてコーヒーで流しこんだ。食べ物とカフェインの組み合わせは頭痛の名残を吹き飛ばしてくれた。残ったコーヒーを古い魔法瓶に入れ、ＪＢのＦ２５０へ運んだ。一週間以上放置されていたわけだから、バッテリーが上がっていないかちょっと心配だったが、エンジンはすぐにかかった。ラジオのスイッチが入るとマール・ハガードの曲が大音量で流れてきて、レッドは頬をゆるませた。このまま流しておこう。

ＪＢのトラックはなんの飾り気もない、作業に特化した車だった。ＪＢがラプターのことを、つまりレッドがあれにつぎこんだカネと、内装・外装のメンテナンスに費やした時間をどう思ったかは想像するしかない。ＪＢはフォードをいつも最高の状態に保っていたが、洗車している姿は記憶に残っていない。老カウボーイは車をファッションの対象ではなく道具と見なしていた。

た。モンタナ州のナンバープレートが付いていることと、一見しただけでは誰の車かわからないところだ。このあたりの古株には誰のトラックかわかり、死後一週間も経ってからなぜJBの古いトラックが町を走っているのかと首をひねる人がいるかもしれないが、ラプターが引かずにおかない注目を避けるためなら安い代償だ。

レッドが向かったのは町の方向だったが、町までは行かなかった。野原で草を食んでいるバイソンの群れを見つけて道路わきに車を止め、コーヒーを飲みながら双眼鏡で観察した。群れの端に身を潜めている色鮮やかな人影を見ても、まったく驚きはしなかった。しかし、絞り染めのシャツを着た〝バッファロー戦士〟五人がしているのは、野生動物の横断を見張ることだけではなかった。二人が四輪バイクにまたがってバイソンたちの後ろを行ったり来たりしていた。彼らが接近するたび群れはそれに背を向けて、騒々しいバイクから逃れようと五〇メートルくらい離れていく。

この嫌がらせをしている理由はすぐ明らかになった。〝バッファロー戦士〟は群れを幹線道路のほうへ誘導していたのだ。バイソンに道を横断させて、その地点でさらに寄付を募ろうという魂胆なのは明らかだ。レッドは信じられない思いで、やれやれと首を振った。

野生動物を守るどころか、これだ。猟区管理人（ゲーム・ワーデン）は本当に必要なときどこにいるのだろう？

交通渋滞は一時間近く続き、〝バッファロー戦士〟はバイソンを十頭から十五頭くらいずつの小さな群れに分けて道を渡らせることに成功した。レッドにわかるかぎり、彼らの野生生物保護の訴えは半分以上拒否されていたが、むさくるしい一団にはあまり気にする様子もなかった。

太陽が西の山々をかすめるころ、群れはようやく無事、道路を渡り終えた。〝バッファロー戦士〟のうち四人は四輪バイク二台に二人乗りで、川がある東の方向へ走りだした。彼らはこのあたりでキャンプしているにちがいない、とレッドは思った。かなりの収穫を得たボサボサ頭は一人残り、南行き車線の路肩に立って親指を突き出した。ほんの五分くらいで青いピックアップトラックが停止して彼を乗せたとき、レッドは正直驚いた。

ボサボサ頭の何が気になるのかよくわからなかったが、どこかおかしい気がした。あとを追ってみよう。

青いピックアップトラックは町の北はずれに位置する〈スペイディーズ・サルーン〉まで走っていった。〈スペイディーズ〉はウェリントンの住民なら知らない者がいない店だ。レッドがこの町を離れているあいだに、ここは仕事終わりの疲れた牧場労働者がのどを潤す酒場から、もう少し家族向けの店へ変貌を遂げていた。少なくともハッピーアワーまでは。

ピックアップトラックが〈スペイディーズ〉の駐車場へ向かったところで、レッドは様子を観察するため、退避所から二〇〇メートルくらい後ろの路肩に停止した。ボサボサ頭のような風体の男が入口前を通らせてもらえるほどウェリントンの状況が変わったとは思えなかったが、案の定、ピックアップトラックの運転手は幹線道路を外れてすぐ止まり、男を降ろした。そのあと〝バッファロー戦士〟は道路わきへ戻り、そこからまた南へ歩きだした。

ボサボサ頭が遠く離れて色付きの染みと化したところでレッドは車を発進させ、観察を続けるために数百メートル前進してから停止した。歩いてあとを追うほうが楽だが、トラックを離れたくない。だから、男が視界に入るぎりぎりのところで少しずつ車を進めていった。ボサボサ頭はそんなこととも知らず、のんきにてくてく歩いていく。

二十分ほどでブロードウェイに着いたとき、ボサボサ頭は道を横切って東へ向かったが、一ブロック進んだだけでまた南へ方向転換した。レッドは思っていた以上に接近を余儀なくされ、交差点を曲がってアップル通りに入った。そのわずか二〇メートルほど先をボサボサ頭はずんずん進んでいく。空が暗くなってきたため、ヘッドライトを点灯しなければならなくなったが、ボサボサ頭は振り返りもしない。

アップル通りには宅地と商業地が混在していて、税務申告代書業者やカイロプラクティック、灌漑(かんがい)業者といった施設も見られたが、住宅のほうがずっと多かった。ブロードウェイから離れるほど、家が寂れた感じになってきた。芝生をきれいに敷き詰めた牧場様式の家々が、雑草が絡みつく移動住宅や遺棄された車へと変わっていく。ボサボサ頭は自分の近所であるかのようにこの一帯を歩いていた。実はこのあたりの住人なのかもしれない、とレッドは思った。

ボサボサ頭の最終目的地は何本かの木々の向こうに立つ寂れた感じの家で、同じくらい老朽化した移動住宅二つに挟まれた空き地にあった。レッドは車を止めて素早くライトを消し、双眼鏡を取り出して男の次の動きを追った。木々のそばに二〇〇〇年代後半モデルのピックアップトラック、シボレー・シルバラードが停まっていた。もう少し家に近づいたところにカスタマイズされたハーレーダビッドソンが二台見えた。ボサボサ頭はトラックを回りこんで木々の間に姿を消した。レッドは小さく罵(のの)りの言葉を吐き、双眼鏡をわきに置いて、車外活動の準備をした。

室内灯のスイッチを切り、ドアが開いてもライトが点(つ)かないようにした。ところが、ドアのレバーを引く前にシボレーの向こうの木々に動きを感知した。双眼鏡をつかみ直してそこへ向けると同時に、視界にひとつ人影が現れた。

ボサボサ頭ではなく、ジーンズにウエスタンシャツ、ステットソン帽という、この地方ではよくある服装をした中年男性だ。男の顔は見えなかったが、ちょこんと突き出たビール腹が中年の雰囲気を醸し出している。男は急いでいる様子で、シボレーの左側へ回りこんで中へ乗りこむあいだ不安げにきょろきょろ周囲を見まわしていた。シボレーは煙をひと吹きして発進したが、舗装道路に出るまでライトを点けなかった。

レッドはシボレーが角を曲がるのを待ってから自分のトラックを降り、家のほうへ歩きだした。行き先がわかっていて、ここにいる権利があるかのような、無頓着な足取りを心がけた。空き地を横切りかけたとき、二つのものが目に入り、途中で足を止めかけた。最初のひとつは木の一本に取り付けられた手作り看板で、厚紙に黒い油性マーカーで〝にっこりせよ。監視カメラ作動中〟と記され、その横にスマイルマークが付いていた。もうひとつは木の枝の隙間から見える屋根付き玄関の明かりだった。

赤い玄関灯。

まさか、と思った。そんなにわかりやすいことをするものか?

しかし、ビール腹の牧場労働者がこっそり立ち去った点を考えるにつけ、赤いライトは心臓の健康を思いやろうというシンボルカラーではないという確信が強まった。ボサボサ頭が自分の募った寄付金を別種の野生生物を支えるために使おうとしているのは明らかだった。

レッドは歩き続けた。いま引き返したら、カメラの映像を見ている人間が不審に思うだろうし、カメラが本当に取り付けられていることをレッドは信じて疑わなかった。状況を複雑にせずにすむ出口戦略を懸命に考えながら、距離を縮めていった。

　木々の間に足を踏み入れたとき、家の玄関ドアが開き、レッドと体格の変わらない男が外へ出てきた。頭髪は黒い癖毛で、もじゃもじゃのあご髭をたくわえ、黒いジーンズを穿き、黒いシルクスクリーン印刷のTシャツを着ている。シャツは黒革のベストでほとんど隠れていた。胸の前で腕組みをすると、両腕の袖口（そでぐち）全体に入っているタトゥーだけでなく、シャツの生地を圧迫する上腕二頭筋と胸筋もあらわになった。血の気のない青白い肌を赤い光が際立たせている。表に駐まっているハーレーに乗ってここへ来たのだろうとレッドは推測した。バイクが二台あったのは、つまりバイカーがもう一人、近くに潜んでいるということだ。

　男はレッドを品定めしたあと肩を怒らせて、「失（う）せろ」と言った。

　あっさり従えば、ここに用のない人間という印象が強まるだけなので、及び腰を装って抵抗に出た。「デールから聞いたんだ、パーティ用の——」

「デールがどう言おうと関係ない」と男は言った。一歩前進し、腕組みをほどいて両手を腰に当てる。「さあ、失せろ」

　レッドは両手を上げて降参を示し、ゆっくりあとずさった。バイカーが追ってこないとわかったところで踵（きびす）を返し、自分のトラックへ引き返した。

監視モードに戻ってすぐ、木々の間からボサボサ頭がぶらりと現れた。

「おっと、兄ちゃん」とレッドはつぶやいた。「ずいぶん早かったな」

この垢じみた臭い〝バッファロー戦士〟をもてなさなくてはならない人間に、つかのまレッドは同情したが、ボサボサ頭の動きを見て状況を見直した。

あいつが女を買いに来たのでないとしたら、何のためか？

麻薬か？

そっちの可能性のほうが高そうな気がした。

ボサボサ頭は来た道を戻っていった。レッドは明かりを消したトラックの車内にいたから、相手に見られるとは思わなかったが、見られたところでどうということはない。ボサボサ頭は彼のほうをちらりとも見ずに通り過ぎていった。

レッドは引き返していく男の姿をサイドミラーでしばらくながめ、そのあと決断した。トラックの踏み台に足をのせて運転席から体を乗り出し、「おーい、乗ってくか？」と大きな声で呼びかけた。

ボサボサ頭がくるりと振り向く。大声に驚いたようだが、すぐに髭面を大きくほころばせた。「ありがてえ！」

男がトラックに向かってくるあいだにレッドは外へ降りてぐるりとトラックを回りこみ、ボサボサ頭を待ち受けた。ハッと気がついたように男は額にしわを寄せ、笑みが消えて険しい顔に変わった。「おまえ、あのときの」

ボサボサ頭は後ずさりしようとしたが、レッドはそのいとまを与えず、肩をつかんでその場に固定した。「ちょっと待てよ、バッファロー戦士さん。少し話があるんだ」

ボサボサ頭は体を引こうとしたが、レッドの手に力がこもって顔をしかめた。

「いてえ。離せ、ちくしょう。これは違法行為だ！」

レッドは笑った。「そいつは面白い。ほかにどんなことが違法か知っているか？麻薬を買うことだ」

「麻薬なんて買ってない」とボサボサ頭は言い返したが、目がさっと右を見た。赤い玄関灯がある家の方向だ。

「なあ、おまえが自分の時間に何をしようと、おれはいっこうにかまわない」レッドは男に言った。「しかし、野生動物を救うために使われるはずのカネで麻薬を買うなんて最低だろう……クリスタル（覚醒剤メタンフェタミンの別称）か？」

ボサボサ頭は否定しなかった。

「しかし」とレッドは続けた。「いくつか質問に答えてくれたら、見なかったことにしてもいい」

ボサボサ頭はまたレッドの手を逃れようと身をくねらせたが、徒労に終わった。

「おれは何も知らない」

「いや、きっとおまえは自分が思っている以上のことを知っている」レッドは落ち着きはらった口調で請け合った。「外で長い時間バイソンと過ごしているんだろう？　あそこでキャンプしているわけだ。あそこは私有地だろう？」

「ああ。それがどうした？　許可はもらってるぜ」

「許可って、誰から？」

　ボサボサ頭は肩をすくめようとしたが、途中で動きを止められた。「持ち主だ」

「持ち主」レッドはおうむ返しに言った。「ワイアット・ゲージのことか？」

　男はまた中途半端に肩をすくめた。レッドはそれを肯定と解釈した。「いろんな話を聞いているにちがいない」レッドは続けた。「噂のたぐいだ。一週間くらい前に死んだ牧場主のことを何か耳にしていないか？」

　ボサボサ頭はまた肩をすくめようとしたが、レッドが肩をつかんだ手に力を込め、男は苦痛の悲鳴をあげた。「言葉で答えてもらう必要がある」レッドは顔を近づけて言った。「あの牧場主のことを何か聞いていないか？」

「ああ、それなら。馬から落ちたそうだ」

「聞いているのはそれだけか？」

「そうだ――いてえ！」肩に痛みが走って男はつかのま身もだえし、そのあとこう言った。「余計な詮索をしていやがったそうだ。これでいいか？　とにかくその手を放してくれ、兄ちゃん」

レッドは懸命に無表情を保った。ＪＢの死にはおれが信じるよう仕向けられた以外の事実があった。少なくともそれだけは確認できた。「余計な詮索とはどういう意味だ？」

「知らねえ。誓って本当だ。誰かが言ったのを聞いただけだ」

「誰だ？」とレッドは迫った。「言ったのは誰だ？」

ボサボサ頭から答えを絞り出す前に、砂利を踏みしめる足音が聞こえ、レッドは瞬時に警戒態勢に入った。さっと頭を回すと、バイカーが彼に向かって大股で歩いてきた。

目が合うと同時に、男は大きな手を拳に固めた。「ぶちのめしてやる」男はうなり声を発した。

レッドは目の端で背後に動きを察知し、トラックを盾に通り側から忍び寄ろうとしているもう一人の姿を横目でとらえた。

レッドは挑発的な言葉や態度に時間や息を無駄遣いしなかった。心ならずもボサボサ頭の肩から手を放し、くるりと踵を返した。

バイカー二号は相方より小さかった——身長も、体格も。この明らかなハンディを補うため、長さ九〇センチほどのボルトカッターの柄を両手で握り、切断用のヘッドを野球のバットのように肩に担いでいた。不意打ちを食らわす気でいたのか、男はレッドの先制攻撃に対する準備ができていなかった。自分との間隔をレッドが詰めてきたとき、バイカー二号はぴたりと足を止め、少し怖じけたように目を見開いてその場に固まった。ボルトカッターは肩に担いだままだ。

レッドは躊躇なく、大きく一歩踏みこんでバイカー二号のみぞおちに右の拳を突き刺した。衝撃で男の体が地面から浮き、後ろの通りへ吹き飛んだ。ドサッと地面に倒れ、ボルトカッターが舗装路に落ちてすべっていく音が直後に続いた。

レッドがバイカー一号のほうへくるりと体を回すと、男は倒れた仲間と同じく、レッドの唐突な攻撃に驚愕の表情を浮かべていた。見かけからは素手で一対一ならレッドと張り合えそうだったが、男は一歩下がり、握っていた右の拳を開いて後ろに手を伸ばした。

銃か。

四、五メートルの距離を縮める時間はない。レッドは地面のボルトカッターにさっと手を伸ばし、片手でつかんでバイカー一号の胸へ投げつけた。大きな工具が左の胸郭に激突しておぞましい音をたてた。バイカー一号は苦痛にうめいて、よろめく足でまた一歩後ろへ下がった。

「殺してやる」男は声を引きつらせた。「おまえを――」

レッドが北欧神話の雷神トールの鎚と化して襲いかかった。あまりの踏みこみの速さにバイカー一号は脅しのせりふを言い終わることすらできなかった。右のアッパーで口がガシャンと閉じ、折れた歯が砕ける音はセメントミキサーの砂利のようだった。だが、このパンチは始まりにすぎない。レッドは間髪をいれず、右腕を引き戻すや、反動を利かせて余すところなく体重をのせた右肘をバイカーの胸骨に突き刺した。二号を打ちのめしたパンチとは異なり、レッドはバイカーを吹き飛ばしただけでなく、肘打ちの衝撃を受けた男はもんどり打って地面に倒れ、血しぶきと歯のかけらをガハッと口から吐き出した。レッドはすかさず左手を伸ばし、呆然としている男の喉をつかんで地面に固定し、最後の一撃を食らわすべく右手を振り上げた。

　レッドの行動基準では、男がさっき口にした脅しは、恒久的な解決法を執行するために必要な挑発条件をすべて満たしていた。こいつらを生かしておけば、どれだけ時間がかかってもいまの脅しを実行する。だから、動けなくなっていようと、ここで息の根を止めるのは正当防衛に他ならない。完璧な世界であれば、おそらくこの論法は法廷でも通用するだろう。

　問題は、完璧な世界ではないことだ。まず、郡保安官ら現地の法執行機関には腐敗が存在する可能性がきわめて高い。バイカーたちがこの町で売春宿を経営し、クリスタルを売買しているという単純な事実がその証拠だ。そして、おれはもうアメリカ海兵隊の英雄レッド軍曹ではない。軍隊から追い出された事実は、除隊の経緯が明らかにされなくても、おれに重くのしかかるだろう。つまり、裁判になった場合、思いどおりの評決が出る保証はどこにもない……裁判所に立つまで生き長らえることができる保証さえ。

監視カメラに顔をさらした以上、ただ男たちを消し去るという選択肢もない。犯罪現場にいたことをボサボサ頭が証言するかもしれないのはもちろんのこと。

そう、好むと好まざるとにかかわらず、少なくともスティルウォーター郡での調査が終わるまでは、脅威が迫ろうとも耐え忍ぶしかない。

拳を下ろして一号から離れた。男は動いていなかったが、鼻と口のまわりで弾けている血の泡から判断して、まだ息はしているようだ。誤嚥しないよう体を横に向けたとき、男の革のベストに刺繡されているワッペンの絵が見えた。髑髏マークの変形で、骨の代わりにピストンが交差している。その上に〝不信心者〟とゴシック体の文字があり、〝MC〟（モーターサイクルクラブの略）と添えられていた。さらにその下にボーズマンとあった。

ワッペンを切り取ろうかと考え、思い直した。代わりにベストの裾を持ち上げると、ホルスターに収まった拳銃のグリップの底が見えた。武器を引き抜く。M1911の一種のようだ。真っ暗なため製造元は読み取れない。弾倉を手のひらに落とし、薬室内の弾を排出して弾倉を戻した。ボルトカッターを拾って、両方の武器をトラックの荷台に置き、身じろぎを始めているバイカー二号のところへ歩いて向かった。しばらく考えてから腕を伸ばし、じゃがいも袋くらいあっさり男をすくい上げて、肩に担ぎ上げ、トラックの周囲を回って、倒れたまま動かない一号のそばへ運んだ。

二号を相棒の横に落として膝をつき、男を起こすために頬を叩き始めた。男はハッと目を覚ましたが、自分の上にのしかからんばかりのレッドに気がつき、動きを止めた。

「不信心者だと、おい？」レッドは言った。「鼻につくやつだ」

男はレッドをにらみつけた。

「いいか、よく聞け」とレッドは続けた。「おれから喧嘩を売ったわけじゃない。おまえにも、おまえのバイククラブにも、おまえたちが足を突っ込んでいる腐った状況にも、まったく興味はない」

もちろんこれは嘘だったが、バイクの暴走族に抱いている本音を明かしたところで、何の得にもならないだろう。

「おまえは仕返しをしたくなるだろう……面子やら何やらのために。それは最悪の考えと心得ろ。おれを狙おうと考える前に、教えておいてやる。次はボルトカッターを投げつけたりしない。眉間に銃弾を撃ちこんで誰にも見つからない場所に埋めてやる。

わかったか？」

　男の頭が動いて、ゆっくりうなずいた。

「よし。西部開拓時代なら、日が落ちるまでにおれの町から出ていけと言うところだが、もう日が暮れたあとだから大目に見て、日が昇るまでにしてやる。明日、おれはもういちどここに立ち寄る。あのちょんの間には〝貸し物件〟の看板を掲げておけ。わかったか？」

　男はまたうなずいた。

「よし。だったら帰る。おれが消えるまでここにいるのが身のためだぞ」レッドはそう言うと、立ち上がってピックアップトラックに戻り、エンジンをかけた。走り去るとき、バイカー二人は動いていなかった。

　帰り道にボサボサ頭がいないか目を光らせていたが、無精髭を生やした〝バッファロー戦士〟の姿はどこにもなかった。あの男の持つ有益な情報はもう、たぶん全部聞き出した、とレッドは思った。

　〝余計な詮索をしていやがった〟

　どういう意味かは突き止められなかった。JBはみずからトラブルを探しにいく性分ではなかった。〝他人のことに口を出さない（MYOB）〟という姿勢を貫いていた。

〝トラブルが戸を叩いてきた……〟

つまり、ＪＢは他人に干渉してなどいなかったのに、トラブルが彼を追いかけてきたのだ。

ただの不動産をめぐる交渉のもつれとは思えないが、何かしらの形であの土地が絡んでいると、レッドの直感は告げていた。何らかの形で。

ワイアット・ゲージと話をするときが来たようだ。

20

バージニア州アレクサンドリア

ギャビン・クラインは最新モデルのキャデラック・エスカレードの車内にいた。両手で持ったタブレットに目を凝らし、イヤホンの声に神経を集中させていた。

二ブロック先ではケビン・ドゥーデクが二階建ての自宅で床を行ったり来たりしていた。どうやら、建物全体の照明器具にクラインが仕掛けてきたカメラや録画装置にはまだ気がついていない。

自業自得だ、とクラインは胸の中でつぶやいた。部下の捜査官全員に、自宅に盗聴器が仕掛けられていないか定期的にチェックするよう警告してあった。ドゥーデクはその警告を無視し、いまクラインは部下の〝未必の故意〟につけこんでいる。

明朝の出勤を待って装置を回収し、あとで確認できるようダウンロードしておきたいところだ。しかし、この若い捜査官の妻と幼い子ども二人は州外の親戚宅から朝いちばんで帰宅する予定なので、そうもいかない。何より大事なのは時間だ。ウィロウの状況を急いで把握する必要がある。

　だから、快適と呼ぶには近すぎる受信の限界から生中継で情報をつかもうとしている。これまでの張り込みと同様、今回もクラインはほとほとうんざりしていた。

ドゥーデクは帰宅すると、自分で夕食を作り、テレビドラマの「ホームランド」最終シーズンの最終回を見た。並外れて面白いドラマだとクラインは思っていたが、反応から見て、ドゥーデクも同じ意見のようだ。そのあとドゥーデクは寝る準備をした。三十分後に頭を枕にのせ、瞬く間に眠りに落ちた。

　クラインはさらに一時間ほど無為の時間を過ごしたあと、今夜はこれで切り上げることにした。エスカレードのスタートボタンを押そうとしたとき、ドゥーデクの携帯電話が鳴った。ＦＢＩに登録されていない私用電話機だと気がついた。

　いけない子だ。

　この電話機の番号がわかれば通話を傍受できるのだが、とクラインは胸の中でつぶやいた。とりあえず、相手が誰かはドゥーデクの応答と質問の内容から推測するしかない。若い捜査官がベッドから布団を跳ねのけて飛び起き、電気を点けて引き出しから電話を取り出したところからみて、この電話に驚きと動揺を感じているのは明らかだ。パジャマの短パンにFBIアカデミーの色褪せたシャツという格好で部屋を行きつ戻りつしながら話をしている。

相手が妻でないのは明白だ、とクラインは思った。妻なら登録されている携帯電話にかけてきたはずだから。

「うん、きみか。ほかにこの番号を知る者はいないからな」と、ドゥーデクは話し始めた。

男か？　女か？　クラインは音量を上げたが、ドゥーデクの受話器の音はかけてきた相手の声を拾えるほど大きくない。スピーカーフォンに切り替えろ、とクラインは念じたが、テレパシーは不発に終わった。

さらにまずいことに、ドゥーデクは盗聴器が仕掛けられていない廊下の階段へ向かった。

キッチンに入り冷蔵庫の扉を引き開けたときには、もうドゥーデクは話に没頭していた。

「……彼女が何を知っているかはわからない。もともと疑り深いたちだ」

ドゥーデクは半ガロン入りの牛乳容器をつかみ、腰で冷蔵庫の扉を閉めた。「いまは無理だ」話しながら、水差しの蓋を片手で外す。「いい考えとは思えない。きみはそこにいろ」

ドゥーデクは片手で牛乳をひと口飲んだ。まだ相手の声に耳を傾けている。そのあと牛乳を飲みこむ前に鼻から噴き出しそうになった。「そんなことをしたら、二人とも危ない。ここは我慢が必要だ。もう少し時間をかけたらすべてうまくいく。ぼくを信じろ、いいな？」

ドゥーデクはまた冷蔵庫の扉を引き開け、牛乳を押しこんで扉を閉めた。表情から、相手の声にじっと耳を傾けているようだ。そのあと彼は二階へ駆け上がった。また圏外だ。

クラインはいらいらして悪態をついた。

ドゥーデクが寝室に着いたとき、電話は終わっていた。彼は指で髪をかき上げながら、しばらく部屋を行ったり来たりしていた。出口のない檻(おり)に閉じこめられた動物のように。

携帯電話の電源を切って、充電器を抜き、短パンのポケットに電話機をしまった。

ドゥーデクが一階へゆっくり階段を駆け下り、飾り戸棚を開けてバーボンを注ぐところが、クラインには見えた。一時間後、酔いが回ったドゥーデクはベッドへ戻り、深い眠りに落ちた。

クラインはここまでにして切り上げた。車を発進させて離れていくあいだに彼はあの携帯電話を手に入れる計画を練り始めた。

21

モンタナ州

バイカー二人をぶちのめした十二時間後、レッドは数週間ぶりのいい気分で目を覚ました。答えはまだ全部手に入ったわけではないが、少し前進した気がする。少なくとも行動を起こしている気分だし、自己憐憫に浸(ひた)っているよりマシだ。ブラックコーヒーを飲んでエネルギーバーの〈クリフバー〉をかじる〝チャンピオンたちの朝食〟をすませたあと、納屋へ向かい、JBのトラックの連結器に馬用のトレーラーをつないで、かつて〈ジャコビー牧場〉の入口だった場所へ向かった。

最近になって砂利が敷き詰められた道路を一〇〇メートルほど進み、〈ダンシング・エルク牧場〉という巨大な木の看板を掲げているゲートを通り抜けた。牧場の名前はJBの敷地を通ってゲージの土地へ流れこむ小川にちなんで付けられたものと推測した。

レッドが未舗装道路にゴロゴロ音をたててトラックを入口まで駆け上がらせたあとブレーキを踏むと、F250の錆びたバンパーは錬鉄製ゲートに触れる寸前で止まった。右手に警備小屋があり、〝私有地〟ときれいに彫り刻まれた看板が立っていた。最先端の防犯カメラ数台がこの接近路(アプローチ)をあらゆる角度から監視していることを、レッドは見逃さなかった。

男が二人、小屋から出てきた。この地域最高クラスの牧場で働く労働者と同様、清潔そうなラングラーのジーンズ、フランネルのシャツ、麦わらのカウボーイハット、カウボーイブーツという服装だった。レッドがまず気づいたのは、彼らの腰に装着されている拳銃だった。見かけから、グロック19だろう。

ふつうのカウボーイが身につけるような銃ではない。

二人とも三十代前半とみられ、髭を生やしているが身なりはきちんとしているし、鍛えこまれた体つきは目に明らかだ。自信に満ちたゆったりした足取りが遠くからでも見て取れた。脅威の兆候がないかと片方が探るような目つきでトラックの窓に近づいてきたのを見て、この二人が元軍人であることをレッドは確信した。特殊部隊の出身と見てまず間違いない。

「おはようございます。何かご用ですか?」男はレッドのトラックのドアに左腕をかけて体を寄せ、携行している銃が見えないようレッドの視界をさえぎった状態で質問いませんでした。

「馬を引き取りに来た」

男はレッドの目を見た。「今日、馬の引き取りがあるという話は聞いていません。住所をお間違えでは？」

捕食者の頂点に立つ者だ、間違いない。戦闘訓練でしか磨くことができない直感力、暴力のにおいを嗅ぎ取る本能を備えている。レッドにはどんな人種かわかった。毎朝洗面所の鏡に映る自分を見るようだ。

単刀直入に本当のことを話して状況を明らかにすることもできるだろうが、ゆうべいろいろわかったあとだけに、ゲージの警備隊が招かれざる客を追い払うためにどこまでやるか確かめたいという思いもあり、彼は鋼のような目で見返して、「ちがう」と言った。

二人はもうしばらく見つめ合った。どちらも瞬（まばた）きしようとしない。警備員の目がトラックの運転席と荷台をもういちど見まわし、武器がないか確かめた。何も見えない。レッドは昨夜バイカーから奪い取った拳銃を家の銃器保管庫にしまい、ボルトカッターは運転席の後ろに隠してきた。

警備員は古いフォードから離れて、もう一人に声をかけた。「今日、馬の引き取りの予定はあるか？」

もう一人が小屋に入り、タブレットを手に戻ってきた。画面を見ながらトラックに近づいてきた。

「お名前は？」

「レッドだ」

男はもういちどタブレットをスクロールした。

「申し訳ない。レッドという名前はここにはありません。何かの間違いでしょう。お引き取りください」

「間違いではない。自分が誰かは知っているし、馬がどこにいるかも知っている。わけがわかっていないのはきみたちのほうだ」

「申し訳ないが、お通しするわけにはいきません」

「おれがトラックを降りたら、通してもらう必要はなくなる。自分で通るからだ」

合図を受けたかのように木立の陰からジープ・ラングラーが発進した。運転手はゲートの手前でぐっとブレーキを踏み、一陣の土煙を巻き上げた。そのあと、カイデックス製のホルスターに差したグロックまで警備員二人とまったく同じ服装の四十代らしき男が飛び降り、警備小屋を通り抜けてからトラックに近づいてきた。

反応速度は優秀、とレッドは胸の中でつぶやいた。あのカメラもただの見せかけではないだろう。

「どうした？」と、年配の男が一人目の警備員に尋ねた。

「この男性が馬を引き取りに来たとおっしゃって。でも、今日の予定に馬の引き取りはなく、今日の名簿にもこの人の名前はありません」

警備責任者らしき男はレッドを一瞥（いちべつ）して、素早く値踏みをした。「本当ですか？　馬を引き取りにいらしたというのは？」

「ええ」

「では、なぜ名簿に載っていないんですか？」

「名簿があるとは知らなかった。前もって電話する必要があることも知らなかった。ヘップワース保安官代理から、ここへ行って連れ帰ればいいと言われたんだ」

「お名前は？」

「レッド。最後のdが二つの」

警備責任者が電話ホルダーから携帯電話を取り出して電話をかけた。「おじゃましてすみません。レッドという男性がいらしています。馬を引き取りに来たとのことですが？　名簿には載っていません――はい、もちろん。では、いますぐ」

興味深い、とレッドは思った。ワイアット・ゲージがおれの名前を知っているとは。

責任者は携帯電話を電話ホルダーに戻し、二番目の警備員を指さした。「ゲートを開けて中にお入れしろ」彼はそう言ってからレッドに向き直った。「ご迷惑をかけました。ミスター・ゲージはプライバシーを大事にする方で」

レッドは短いうなずきを返して視線を前へ向け、彼が見守るあいだに責任者がジープを移動させ、警備員がゲートを開けた。レッドはゲートをくぐり、遠くに見える丘のほうへ古いフォードを向けた。家畜の脱出を防ぐ溝で後ろのトレーラーが跳ね上がり、古びた板バネが悲鳴をあげた。ルームミラーを見ると、警備員三人が彼のあらゆる動きを見守っていた。

レッドは窓を開けて丘を登り、空気に満ちている松の香りを吸いこんだ。丘のてっぺんへ上がると、遠くに雪をかぶったクレイジー山脈が見えた。ビッグ・スカイ・カントリーの紺碧（こんぺき）の青空にくっきりとその姿を浮かび上がらせている。少年時代には当たり前と思っていたことに、まるで初めてここへ来たかのような衝撃を受けた。南カリフォルニアのビーチも好きだが、ここの山々は魂の奥深くに呼びかけてくる。

レッドが教えられるまでもなく左側の道を厩舎（きゅうしゃ）へ向かったのは、作りたてのスプリットレールフェンスに囲まれたエメラルド色の芝生の真ん中に二階建ての高い建物が広がっていたからだ。絵はがきのような山の空の下でサラブレッドが十二頭、草を食んでいた。

建物はJBの牧場（ランチハウス）の家が二軒入りそうだった。ひょっとしたら、三軒。

新しく建てられたのは明らかだが、よくできていて、この地域に多いログハウスの美学にしっくりなじんでいる。厩舎のはるか後方の丘の上に巨大な現代風丸太小屋(ログキャビン)が見えたが、三階建てで正面がガラス張りの邸宅に〝小屋(キャビン)〟という言葉はふさわしくない気もした。そこからさほど遠くないところに、同じような、しかし小さめの住宅があった。大きな家の前には別のジープ・ラングラーが駐まっていて、屋根付き玄関に長い銃を持った警備員が立っていた。

興味深い。

レッドはトラックをぐるりと方向転換させ、ひとつだけ開いている厩舎の扉へトレーラーをバックさせた。駐車して外へ飛び降り、中へ向かった。ドア口と街灯の支柱に監視カメラがいくつか取り付けられていた。

ひんやりとした暗い厩舎に足を踏み入れると、干し草の甘い香りがし、古い革や馬糞(ばふん)の嗅ぎ慣れたにおいが漂ってきた。目が慣れるのに少し時間がかかったが、慣れてくると、JBが飼っていた灰色にまだら模様のクォーターホース、レミントンの姿が見えた。

その瞬間、洪水のように記憶が流れこんできた。二〇〇〇年代後半の不況で事業の縮小を余儀なくされた牧場主から、この馬をJBが競売で買って連れてきた日のことを思い出した。JBはその当時、ほかに三頭の馬を所有していたが、レミントンはずっとレッドのお気に入りだった。どちらも比較的新顔だったからかもしれない。

彼はレミントンにまたがってJBの敷地のほぼ全域を駆け巡り、迷子の家畜を探し、フェンスに切れ目がないか確かめた。レミントンは気分にむらのない落ち着いた馬だった。この馬がびくびくしているところは記憶にない。まして、何かにおびえたりしたことは。だが、それは何年も前のことだ。JBが手に入れたときレミントンは十一歳で、馬の寿命からするとまだ若かった。いまは二十四歳で、晩年に差しかかっている。

しかしレッドが近づくと、十二頭の立派なサラブレッドが収容されている長い馬房の中央通路に、堂々と立つ馬がいた。嫉妬(しっと)に駆られた観客のように、サラブレッドたちの頭が馬房の扉越しに外をのぞき、新入りの去勢馬が手入れを受けているところをながめていた。

手入れをしている女性厩務員にレッドは目を引かれた。

身長は一八〇センチ弱。長いブロンドの髪を太い三つ編みにして肩の間に垂らしている。レッドにわかるかぎり、化粧はまったくしておらず、古いジーンズに汚れたカウボーイブーツ、Tシャツという服装だ。よく似合っている。女性は鉄灰色と茶色がまだら模様になったレミントンの毛並みを愛おしそうにブラッシングし、むきだしの腕の引き締まった筋肉がきらめきを放った。何とも美しい、とレッドは胸の中でつぶやき、しばらくただ見とれていた。

そのあと、前回美女に気を取られたときに何があったかを思い出し、努力の末に目を引きはがしてレミントンに向け直した。

レッドは馬のいななきに似た音をたてた。レミントンが忘我の状態からハッと目覚め、頭をぴんと跳ね上げた。周囲のにおいを嗅いでお返しのいななきをよこし、レッドを見つけると彼に向かって動きだした。レミントンの動きで女性が振り返り、レッドを見て山上に昇ってきた朝日のような笑顔を見せた。

レミントンが小走りでレッドに駆け寄り、頭を下へ向けた。ビロードのような柔らかい耳をレッドが両手で包む。「覚えていたんだな、おれのこと？」

「ジム・ボブの息子さんの、マッティね？」女性は左手にブラシを持ったまま、たくましい右手を差し出した。

レッドは顔をしかめたが、握手に応じ、相手の手の力強さに気がついた。「友達はマットと呼ぶ」

本当はそうではなかった。真の友人と呼べる数少ない男たちからは軍の慣例に従って常にレッドと呼ばれていた。もちろん、もう軍にはいないし、その友人たちはみな死んでしまった。

「ああ、ごめんなさい。ジム・ボブはいつもあなたのことをマッティと呼んでいたから」彼女はレッドの手を予想より少し長く握ってから放した。「わかった。じゃあ、マットで」

レッドは表情をゆるめようとしたが、笑みを浮かべることはできなかった。この何日かでいろんなことを経験しすぎていた。「きみの名前を聞きそびれた」

彼女は濃い青色の瞳を愉快そうに輝かせた。「ハンナよ」

彼は見えない帽子を傾けるかのようにうなずきを送った。「ハンナ。よろしく。レミントンの世話をありがとう」

自分の名前に反応するかのように、馬は大きな頭をレッドの胸にこすりつけて鼻を鳴らした。レッドはゴムのようになったニンジンをポケットから取り出して差し出した。「おまえ。元気だったのか？　ええ？」

馬はたちまち甘嚙みをしてきた。

「レミは最高の馬ね」とハンナは言った。「わたしの知っている中でいちばん賢い馬の一頭よ」

「世話をしてくれてありがとう」

「当然よ。わたしにできるせめてものことだから。ジム・ボブとは何度かいっしょに馬に乗ったことがあるの。動物が好き、特に馬が好きっていう共通点があって。彼がどんなにレミを可愛がっていたか知ってるわ」

若く美しい女性とはいえ、ＪＢが彼の人生に他人を受け入れるとは想像しがたい。若く美しい女性だけに、なおさらだ。

「いい土地を手に入れたな」話題を変えようと、レッドは言った。「以前はジャコビーの牧場だった」

彼女は微笑んで肩をすくめた。「そのあたりのことは、わたしは何も知らなくて。細かいことは全部、兄のワイアットがやっているから。わたしは動物の世話をしてるだけ」

兄？

「それはそうと」いま話している相手が地球上で最も裕福な女性の一人であることを極力考えないようにしながら、レッドは言った。「なぜレミントンの世話をすることに？」

ハンナは興味なさそうに手を振った。「ヘップワース保安官代理がジム・ボブを見つけてすぐ電話をくれたの。悲しくてたまらなかった。レミはぽつんとそこに立っていた。忠実な番犬みたいに」

ヘップワースもほとんど同じことを言っていた。「それで、きみが来て、連れ帰ってくれたのか？」

彼女はうなずいた。「検死官が来るまで、彼は、つまり保安官代理は現場を離れられなかった。ジム・ボブとわたしが友人なのを彼は知っていて、わたしは喜んで力になると言ったの。すぐ駆けつけたわ」

「JBの馬具はどこに？」

ハンナはとまどって、一瞬、額にしわを寄せたが、またそこは磁器のようになめらかな額に戻った。「ああ、全部ジム・ボブの納屋に置いてきた。ここへ持ってきても仕方がないと思って」彼女は笑みを浮かべた。「警察はあなたに連絡が取れなかったそうで、レミに新しい家を与えないといけないかもしれないと思って」

レッドはおなじみの罪悪感に頰を紅潮させた。「そうか、いまはおれがいる。そろそろ行かないと。やることがいろいろあって」彼は自分の太腿（ふともも）をはたき、自分についてくるようレミントンをうながした。「さあ、帰ろうか」

そのひと言で馬は素直に従った。ハンナが横をついてきた。この出会いをまだ終わらせたくないかのように。沈黙を埋めるため、レッドは、「世話をしてもらったお礼だが、いくら払えばいい？」と尋ねた。

ハンナは笑った。「ばか言わないで、マット。おかげで楽しかった。なんならもう二、三日、喜んで預からせてもらうわ。あるいは……」彼女は一瞬ためらった。「余計な口出しかもしれないけど、この子をどうするの？　もし売りに出すなら、いまここで申しこみたい」

「売りに出す？」

「あるいは、あなたに代わってここでお世話してもいい。あなたのお望みの期間」

「売る気はない」

ハンナは非の打ち所のない眉毛を吊り上げた。「ごめんなさい。てっきり……あなたは海兵隊でキャリアを積んでいるって、ジム・ボムから聞いていたから。そこへ戻らなくちゃいけないと勝手に思っていて。つまり、アフガニスタンやらどこやらへ行ってしまったら、馬の世話はできないでしょう」彼女は発言の衝撃を和らげるかのようにレミントンの首をなでたが、それでもいまの言葉はレッドの胸に刺さった。

〝あなたは出ていった。必要なとき、あなたはここにいなかった。わたしはいた〟

「彼はあなたをすごく大切に思ってた」とハンナは言った。「とても誇りに思ってた。あなたにとって軍隊の仕事がどんなに大切か、彼は知っていた」

「正直、まだ状況は未確定だ」

彼女は彼の前腕に手を置いた。「マット、ＪＢが亡くなったこと、心からお悔やみを申し上げます」

「ありがとう」

「そのことで何か話したくなったら、わたしは聞き上手よ」彼女はポケットから名刺を取り出した。

〈ゲージ野生生物保護〉代表
ハンナ・ゲージ

「ペンはある？」

レッドはポケットからちびた鉛筆を取り出した。新兵訓練プログラムで筆記用具を常時持ち歩くよう叩きこまれた。正確な座標や安全な無線周波数を知っているか否かが生死を分けるかもしれないとき、記憶を当てにはできない。

ハンナは名刺の裏に電話番号を走り書きし、鉛筆と名刺の両方をレッドに渡した。

「わたしの私用携帯電話の番号よ。必要なことがあったら連絡してちょうだい」

レッドは汚れたジーンズのポケットに名刺をしまった。ハンナ・ゲージにもほかの誰にも自分の感情を吐露する気はなかったし、目の前の女性にほとんど本能的な魅力を感じながらも、そこに溺れるほど愚かではなかった。自分には理解できない世界に属する女性だし、その世界とは関わりを持ちたくない。現実の世界に、お姫様と狩人がいつまでも幸せに暮らしましたなどというおとぎ話はない。

そのうえ現実問題として、ハンナ・ゲージの兄が何らかの形でＪＢの死に関与した可能性がある。

「親切にありがとう」彼はあいまいな感じで言った。「頭に置いておこう」

「父を失ったら、わたしはどうしたらいいかわからない」いとまごいの試みに気がつかなかったのか、あるいは単にそれを受け入れなかったのか、彼女は話を続けた。

「想像もできないわ」

「きみのお父さんのことは何かで読んだことがある」レッドは引き続きレミントンをトレーラーへうながしながら言った。「つまり、彼を知らない人はいない。彼について書かれていることは全部本当なのか？」

ハンナは微笑んだ。「環境保護に心を砕く人の娘に生まれて、わたしは世界一幸せな女の子だと思っているわ。父がハイテク産業で何十億ドルも稼いだことはみんなが知っているけど、地球のために活動していることを知る人はあまり多くなくて。父は人道問題と食糧安全保障に私財をなげうっているの。このモンタナ州で土地を求めているのは、だからよ」

「食糧安全保障？」レッドは好奇心に駆られ、思わず返した。彼女がなぜまだ自分と話しているのかよくわからなかった。まして、口にされてもいない非難から父親の評判を守る必要をなぜ感じているのかは。

「二〇五〇年までに地球人口は百億人近くまでふくらんで、そのほとんどがお腹を空かせることになる。父は世界の飢餓をなくすために〈ゲージ・フードトラスト〉を設立したの。でね、父はそれを実現しようとしているの」

「きみがお父さんを誇りに思う理由はよくわかる」レッドがトレーラーに乗りこむと、レミントンもあとに続いた。レッドは馬の首を軽く叩いた。「いい子だ」

彼は外へ出てトレーラーのテールゲートを閉め、固定した。「そろそろおいとましよう。もういちど、礼を言う」

ハンナはモナリザのような微笑みを浮かべて彼を見つめ返し、そのあと天啓に打たれたようにハッと顔を輝かせて厩舎へ引き返した。レッドは首を振って背を向けたが、トラックのドアハンドルに手を伸ばしたとき、何か重いものがドサッと荷台に投げこまれた。その音に彼はぎょっとした。くるりと振り返ると、トラックの荷台に干し草が積まれていて、ハンナ・ゲージが手袋をはめた手でジーンズについた草を払っていた。

「レミの馬具をしまっていたとき、あなたのところの干し草置き場が銀行家の心みたいに空っぽなことに気がついたの。これだけあれば、補充するまでもつはずよ」

レッドは心から感謝した。「ありがとう、ミス・ゲージ」

「ハンナよ、忘れたの?」彼女の笑顔を見て、レッドは自分の決意に疑念を抱いた。

彼はうなずいた。「ハンナ」

「考えてみたら、レミの世話をした貸しがあるんだったわね。そのうちあなたがコーヒーをおごってくれたら、それで貸し借りなしにするっていうのはどう？」

「きみはノーという返事を受け入れない人みたいだな」

彼女はにやりとした。「もうわたしのことをわかってきたみたい」


レッドは正面ゲートに近づいたところで古いフォードのブレーキを踏んだ。さきほど会った警備員の一人が黒いレンジローバーの運転席側に寄りかかって運転手と話していた。フロントガラスのまぶしい輝きで運転手の顔は隠れている。もう一人の警備員がゲートを開けるため小屋に入った。

フォードが停止したとき、最初の警備員がレンジローバーからさっと顔を上げてフォードを指さした。レッドがゲートを通り抜けてフォードを止めるとほとんど同時に、レンジローバーの運転席側のドアが開いた。

降りてきた男は身長一八〇センチほどで、腰の線が細く肩幅が広かった。カウボーイの見かけを装っているのだろうが、デザイナーズ・ジーンズには折り目がついていて、ブーツはピカピカに磨かれていた。髭をきれいに剃っていて、髪は黒く、映画スターや男性モデルのように容姿端麗だ。目はハンナと同じくサファイア色で、自分が見ているのはほかならぬワイアット・ゲージであることにレッドは気がついた。

だが、レッドの目を釘づけにしたのはレンジローバーの助手席側から出てきた怪物だった。おそろしく大きな男で、ミニ・クーパーから降りてきたアンドレ・ザ・ジャイアントを連想させた。平たくいかつい丸顔は鋳鉄製のフライパンを思わせる。ボブキャットのロゴが付いたモンタナ州立大学(MSU)のTシャツの胸のところが隆々と盛り上がり、風船形の大きな頭にやはりMSUの野球帽を被っていた。青白い顔から、レッドはスラブ系ではないかと思った。ロシアンマフィアの用心棒を連想させるが、黒い目が標的を狙うレーザーのようにレッドを凝視していた。

レッドはJBの死についてブラックウッド保安官が語った話を思い出した。〝落ち方が悪くて首を折った〟と彼は言っていた。

ああいう男ならハエを叩くみたいに簡単に人の首の骨を折れるだろう、とレッドは思った。

「マシュー・レッドさん?」ハンナの兄ではないかとレッドが思った男が呼びかけてきた。男は近づいてきて手を差し出した。「ワイアット・ゲージです」

トラックを降りて握手に応じるあいだ、レッドは必死に無表情を保っていた。

ワイアットはしっかり手を握ってきたが、しつこくはなかった。二、三度軽く振ってからその手を放し、馬が乗っているトレーラーのほうを見てうなずいた。「そこにいるのがレミントンかい? 妹がいい馬だと言っていた。妹は馬に詳しくて」

レッドはうなずいた。「家へ連れて帰るところだ。世話をしてくれたみなさんに感謝しています」

「ジム・ボブのためなら何でもするよ。誇り高く、自分の信念を貫いた人だった。そんな彼を尊敬していた」

ワイアットは賛辞と受け止められたはずの言葉にレッドが感謝するのを待つかのようにひとつ間を置いてから、こう続けた。「考えることがたくさんあると思うが、いっしょに一杯やろう。こっちのおごりだ。ハッピーアワーに〈スペイディーズ〉に立ち寄ってくれ、ある大きなチャンスの話をさせてほしい」彼は自分の思いどおりにすることに慣れている人物のように、自信たっぷりに話した。

ハンナにそっくりだ、とレッドは思った。

「考えてみる」とレッドは返答した。「きみが言ったように、考えることがいろいろある。父の馬の世話をしてくれたことに、もういちどお礼を言わせてもらう」

ワイアットは微笑んだ。「ジム・ボブのためなら何でもするよ。しかし、まじめな話だ。電話をくれ」彼はポケットに手を入れて、〈ゲージ土地開発〉のロゴが型押しされた名刺を取り出した。

レッドは名刺を受け取ってシャツのポケットに入れ、トラックのギアを入れてアクセルを踏んだ。ルームミラーを見ると、離れていく彼をスラブ系の男の大きな目が追っていた。

22

ＪＢの干し草置き場についてはおおよそハンナ・ゲージの言ったとおりだった。一週間分くらいの牧草とアルファルファが散らばっていた。ＪＢはなぜここまで事態を悪化させたのか、とレッドはいぶかった。近々飼料店を訪れる必要があるが、それはこの先の人生をどうするかについて、もう少し考えが固まってからでもいい。ＪＢを殺した犯人を見つけることの先までは考えられなかった。

レッドが十代のころ、牧場には彼とＪＢしかいなかったが、孤独を感じたことはなかった。しかし養父が亡くなったいま、ここはあまりに静かすぎた。

レミントンを馬房に入れ、ハンナがくれた干し草を少し撒いたあと、馬具置き場に頭を突き入れた。レミントンの鞍が古い木製の木挽き台に載っていて、ハミと手綱は壁の杭に掛けられていた。レッドは鞍に手を走らせ、いつもＪＢのヘンリーライフルが収まっていた鞘が空っぽなのに気がついた。ハンナはライフルを家にしまったと言っていなかったし、保安官代理のシェーン・ヘップワースも彼がレッドの連絡先を探そうと家に入ったときの話では、ＪＢの銃器に触れていなかった。その話が省略された点にレッドは違和感を覚えた。ＪＢが鞍の鞘にヘンリーを入れず、腰にルガーを差さずに馬で出かけたはずはないからだ。

腑に落ちないことがもうひとつ。

レッドは頭を切り替えて、ゲージ家に考えを転じた。ワイアット・ゲージの話を最後まで聞かなかった。あの男が最初に思いつくのは、自分の富で欲しいものを手に入れることだろう。その申し出をレッドが断ったら、強硬手段に出てくる。たとえば、あのでかい用心棒におれを襲わせるといった。

ＪＢの始末を命じたのはワイアットという考えが正しければ、対決は避けられない。けっして引き下がらないようＪＢに育てられ、いっぽう海兵隊からは断固たる行動の大切さを教わった。

〈スペイディーズ〉のハッピーアワー。そこで何か新しい展開があるだろう。

しかしその前に、やるべきことがある。

ブッシュのベイクドビーンズの缶詰を温めずにそのまま食べるという簡単な食事を済ませたあと、納屋へ戻ってレミントンに鞍を付けた。時間が経過していてもＪＢから教わったことは全部覚えていた。ハミや手綱の付け方、鞍の締めぐあい。レミントトンは自分に何が期待されているかを理解して辛抱強く立っていてくれ、このプロセスが終わるとレッドはご褒美（ほうび）に角砂糖を二つ進呈した。

　最後に鞍のストラップを確かめたあと、左の鐙（あぶみ）にブーツの爪先（つまさき）を入れ、鞍の突起（ホーン）を手でつかみ、右脚を持ち上げた。十代のころ何百回とやっていた動きだが、彼はもうカウボーイではない。二十代前半に最後の急成長期を迎え、馬にまたがるための筋肉が記憶しているのはもう少し小柄な人間の動きだった。右足が鞍の上をこすったものの、うまくまたがれない。ほかの馬なら振り落とそうとしたかもしれないが、レミントンはレッドが体重のバランスを取れるようになるまで辛抱してくれた。ようやく馬にまたがることができ、安堵の吐息をついた。馬に乗るのは自転車に乗るのとはちがって錆びやすい技術だし、彼の技術は錆びついていた。

カリフォルニアから持ち帰った唯一の履物、ダナーのブーツの爪先を鐙に収めておくのに苦労した。カウボーイブーツの爪先が尖（とが）っているのには理由があるのだが、彼がかつて履いていたブーツはもう二サイズほど小さくなっていた。

　両太腿をぎゅっと締めてレミントンを前へうながすという単純な動作でさえしっくりこない。この技術も学び直さなければならなかった。それでも試行錯誤を繰り返すうちにコツを思い出してきて、やがて馬上でリラックスしてレミントンにほとんどの動作を任せられるようになってきた。

ＪＢのマグナムを腰のホルスターに、ヘンリーライフルを鞘に収めた。どちらにもＨＳＭの熊撃ち弾（ベアロード）が装塡（そうてん）されている。ＪＢがハンティング・シャック社の銃弾しか使ったことがなかったのは、ＨＳＭはモンタナ州で退役軍人が経営する信頼できる会社だったからだ。

レッドに銃の撃ち方を教えたとき、ＪＢは警告した。ベアロード弾は〝ラバみたいに蹴（け）り返してくる〟、特にリボルバー用のマグナム弾は教えたとおりにしないと〝痛い目に遭う〟と。しかし、若きマッティ・レッドには彼流の学習法があった——失敗から学ぶのだ。

ヘンリーを構え、ヘアトリガーに指をかけてから銃床を肩に固定したことをいまでも覚えている。ヘンリーは蹴り返してきた。青い鋼の銃身に顔をしたたかに打たれ、反動でバランスを崩した痩（や）せっぽちの十二歳はすとんと尻餅（しりもち）をついた。

〝自分の手で触らないとバーナーの熱さを確かめられない小僧だった〟と、ＪＢはよく言っていた。

レッドはぼんやりと、左眉を切り裂く形で残っている薄い傷跡をこすった。ここが裂けたときの痛みは尋常でなく、大量に出血した。涙をこらえるレッドの傷をＪＢは消毒し、テープでふさいでくれた。

小僧にはいい教訓だった。彼は胸の中でそうつぶやいて、思い出に微笑んだ。このときの失敗は二度と繰り返さなかった。

レッドがレミントンに乗って家の裏手の牧草地を進んでいくと、草ぼうぼうの二車線の道が見つかった。牧場を横切り、くねくね蛇行しながら最終的には東の境界の山にぶつかる。最近、車が通ったらしく、草が倒れている箇所があった。ヘップワース保安官代理のパトカーが通った跡だ。道は森へ入っていき、レッドは自分がロッジポールパイン（松の木の一種）と思い出に囲まれていることに気がついた。アバランチリリー（ユリ科の多年草）の明るい黄色の花びらがそよ風に揺れている。

曲がりくねった道に沿って小魚の泳ぐ小川が流れていて、レミントンはそのほとりで立ち止まって水を飲んだ。ほぼ一年じゅう雪解け水に満たされている、冷たい水路だ。しばらくすると、乗り手がなだめる必要もなく、馬はまたゆるやかな傾斜をゆっくり歩きだした。

さらに少し進むと、右手に空き地が現れた。ＪＢが牛の放牧に使っていた牧草地のひとつだ。

レミントンがふと足を止めた。馬の本能を疑うのはよくないと心得ているレッドはさっと周囲を見まわし、レミントンの不安の原因を探そうとしたが、涼しい風が木の葉をサラサラとこすり合わせているのを除けば、何も見えず、何も聞こえなかった。

レミントンは大きな頭を下げ、道のわきの牧草地に生えている草を口に運んだ。

レッドは笑った。「おやつの時間だったのか？　まったくマジかよ」

しかしそのあと、彼は道のすぐ先に目を引かれた。ヘップワースの四輪駆動車がつけた溝は二〇メートルほど先でとつぜん終わり、深いくぼみが四つ残っていた。しばらくここに停まっていたのだろう。

レッドは馬を降り、歩いて先へ進んだ。警察の立ち入り禁止のテープも、目印になるものもなく、ブーツと蹄の跡が地面にたくさん付いているだけだ。氷山のように半分土に埋まっている大きな尖った岩を、レッドの目はとらえた。先端が上を向いている。灰色の岩に黒い染みが付いていた。レッドは膝をついて、指先で表面をこすった。黒いものが剝がれ落ちた。乾いた血だ。

ＪＢの血。

レミントンが草を咀嚼している途中、とつぜん頭を上げた。レッドはレミントンを見上げて馬の視線を追った。馬はそわそわと体を動かし、道のわきにある何かに注意を向けた。それが何か、すぐにはわからなかったが、少ししてガラガラヘビの尻尾特有の音が聞こえてきた。

アドレナリンが血管にどっと放出された。ガラガラヘビを知らないわけではないが、だからといって真剣に受け止めなくていいわけではない。音で位置はわかった。三メートルくらい離れたところだ。立ち上がって、あとずさりし、ルガーを引き抜く時間はあった。蛇の姿が見えた。体長一・五メートルほどのプレーリーガラガラヘビがとぐろを巻いた状態から威嚇（いかく）している。

　レッドはルガーの照準で毒蛇の三角形の頭に狙いをつけたが、そこでためらった。蛇は脅威ではない。ただ放っておいてほしいのだ。かわいそうな気がした。

　ＪＢと牧場を切り盛りしていたころなら、ガラガラヘビを殺すのに二の足を踏んだりしなかっただろう。蛇は人間にとっても家畜にとっても危険な存在だ。一匹でも生かしておけば、明日牛を失ったり、自分が嚙まれたり、乗っていた馬が驚いて馬上から振り落とされたりするかもしれない……。

　そういう単純な出来事だったのか？　自分は被害妄想に陥って、ＪＢが死んだ理由を説明するとっぴな陰謀を探し、彼の死を説明するいちばん簡単な状況を受け入れようとしていないのか？

　レッドはかぶりを振った。それが真実であってほしくないのはなぜか？　誰かがＪＢを殺したと本気で信じているからか、それとも、養父に寄り添ってやれなかった罪悪感のせいなのか？

　だが、ＪＢはおれに電話をかけてきた。

〝トラブルが戸を叩いてきた……〟

　レッドはルガーの角度を少し下げて蛇の前の地面を狙い、引き金を引いた。重いマグナム弾が地面を穿ち、蛇は火傷を負ったみたいに身をよじって飛びすさった。射撃用の耳栓をしていなかったため、ハンマーで打たれたような衝撃を鼓膜に受けた。耳がキーンとする。

何歩か離れたところにいたレミントンが激しく頭を振った。彼の耳にも銃声が痛かったのだろう。

しかし、馬は逃げなかった。銃声にも。ガラガラヘビにも。

レッドはレミントンのほうへ一歩踏み出した。馬は一歩横へずれた。ふらふらと。レッドはリボルバーをホルスターに収めた。「よしよし、いい子だ。大きな音をたてて悪かったな」彼はレミントンの首を軽く叩いた。「ばかなことをしちまった。おかげで全然耳が聞こえやしない」

レミントンのこわばった筋肉がほぐれたのがわかるまで、レッドは優しく声をかけて耳の後ろをさすってやった。

「親父を振り落としたりしなかったよな?」

レミントンはひとついないないて首を振った。馬が返事をしているわけでないのはわかっていたが、同意を得たような気がした。

このあと一時間ほどこの一帯を歩き回ってみたが、ＪＢのｉＰｈｏｎｅは出てこなかった。見つかるとは思っていなかったが、問題はそこではない。考えれば考えるほど、誰かがＪＢを殺して携帯電話を捨てたという確信が強くなってきた。まだ理由はわからないが、彼はレミントンにまたがって納屋へ戻るあいだに、きっと突き止めてみせると、自分自身と老馬に誓った。

23

レッドがラプターを駐車場に入れ、ゆっくり進みながら駐車スペースを探していたとき、早くも〈スペイディーズ〉はにぎわっていた。おんぼろのピックアップトラックが二十台から三十台ひしめいていたが、正面入口の近くはちがった。見覚えのある黒いレンジローバーが一台置かれ、その左右に四、五メートルくらい未使用スペースがあった。レッドがそばを通りかかったとき、〈予約済み〉という看板が二つ見え、レンジローバーは二カ所を隔てる線上に駐まっていた。予約済みのスペースがもうひとつあり、そこは空いていた。

「予約済み」レッドは罵るかのようにその言葉を吐き出した。ワイアット・ゲージとJBの死には何の関係もなかったとしても、少なくとも一度は疑われて当然だ。

金持ちのばか息子。

レッドはレンジローバーの横にラプターをバックで収め、助手席にぶつからないようすれすれまで近づけてから飛び降りて、店の入口へ向かった。

レッドがこの〈スペイディーズ〉に来たのは、新兵訓練プログラムに出発する前夜、JBに連れられてきて以来だった。スペイディー爺さんは一九六九年に第一〇一空挺師団の一員としてハンバーガー・ヒル（ベトナム戦争の激戦地「九三七高地」の別名）で戦ったことがあり、当時レッドはまだ十八歳だったが、三人でワイルドターキーの祝杯を何度か掲げられるよう、店を早じまいしてくれた。彼らは失った友人たちの冥福と、レッドのこの先のよき人生を祈って乾杯した。

店は当時と変わっていた。彼の記憶より大きくなり、改装されていた。百年前に暗い赤褐色のマホガニー材で造られたカウンターバーは当時のままだったが、きれいに磨き直されていた。スツールも真新しい。劣化して割れたところにダクトテープが貼られていた古いものから取り換えられていた。

メイン・ダイニングは満員で、外のトラックや店内のフランネル・シャツから察するにほとんどは地元の住民だったが、この地方独特の文化を味わいたい観光客なのか、大きく目を見開いている客もいた。腹を空かせたおしゃべり好きな客たちの喧噪とともに、ジュークボックスからはカントリーの古典的な曲が鳴り響き、奥のラウンジではビリヤードの玉がガチャガチャ音をたてていた。ワイアット・ゲージと彼の番犬の姿は見えない。

レッドはカウンターの端に空席を見つけ、急いでそこへ向かった。

二人いるバーテンダーの片方がのんびり近づいてきた。レッドと同じく清潔な作業シャツにジーンズという服装で、あご髭にわずかに白いものが混じっているところからみて、三十代の半ばから後半だろうか。浮かべている笑みは本物のようだ。「何にします？」

「地元の生ビールは？」

「ボゾーンのアンバーエールが美味しいですよ」

「それをひとつ」

笑顔だった男が好奇心に駆られたように眉をひそめた。

「何か？」とレッドは訊いた。

「見覚えがある。もしや、ジム・ボブ・トンプソンの息子さんじゃ？」

レッドはうなずいた。「そうだ。会ったことはあったかな？」

「いや、ない。でも、ジム・ボブから何度か写真を見せてもらった。彼は本当にきみのことを誇りに思っていた。ジャロッドです」と男は手を差し出した。レッドは握手に応じた。「お父さんのこと、お悔やみ申し上げます」

「ありがとう」

「まったく、びっくりした。彼とは先週会ったばかりだったから。ああ、しまった」

ジャロッドは照れたように言った。「まずはビールを持ってこないと」

ジャロッドがビール樽(だる)の蛇口の前へ移動するあいだに、レッドはもういちど店内を見まわした。奥さん連れの年配の男たちが大勢いる。中には見覚えのある顔もあった。彼らに見られていないことを願った。お悔やみを言われるために来たのではない。

別方向に首を回したところで、ようやくワイアット・ゲージが見つかった。土地開発業者は奥のラウンジにある大きな円卓で王子様のようにちやほやされていた。彼だけのために予約された席なのは間違いない。両腕を大きく広げて両隣の椅子のてっぺんにのせ、その椅子に座っている二人のブロンド美女ともども、この場所は自分のものと言わんばかりだ。もう一人、ブルネットの若い女性がいて、ブロンドの一人と向かい合う形で座っていた。三人とも引き締まった体に直接ペイントされたかのようなタイトなカクテルドレスに身を包んでいた。彼が口にした何事かにみんなが笑っていた。

ジャロッドがダークエールのパイントグラスとウイスキーが半分入ったロックグラスを運んできた。「お待たせしました、レッドさん。お父さんに敬意を表して、店からのおごりです。惜しい人を亡くしました」

レッドはバーボンを持ち上げた。「JBに」彼はひと口飲んで味わってから、「スペイディー爺さんはどうしてる?」と訊いた。

ジャロッドは首を横に振った。「去年、飲酒運転の車にはねられて」

「それは残念だ。いまは誰の経営に？」

「ボーズマンの企業体で」

レッドは聞くと同時に顔をしかめた。「企業体？」

ジャロッドは苦笑した。「まあ、悪いことばかりじゃない。この店にしこたまカネをかけてくれた。修繕費やら、改装費やら」

レッドは店の前に出ていた〝予約済み〟の看板のことを考えた。その企業買収の裏にいるのが誰かは察しがついた。彼はワイアットのテーブルに目をやった。「奥にいるのはワイアット・ゲージかい？　億万長者の息子の？」

ジャロッドは含み笑いを漏らした。「おっしゃるとおり。彼は新しいオーナーと親しくてね。いちど知り合えば、いいやつだと思えるよ。チップもはずんでくれるし」

「特権に恵まれて甘やかされたばか息子に見えるけどな」レッドはビールをしばらく傾けた。

「彼に気に入られておくのが賢明というものだ。事を起こせる人間だし」

「そいつは過大評価だよ、ジャロッド」レッドはビールの残りを飲み干してカウンターを離れた。くしゃくしゃの五ドル札を置く。「ごちそうさま」と言い、ラウンジへ向かった。

レッドを思いとどまらせようと、ジャロッドが急いでカウンターの端を回りこんだ。

「ぼくがきみなら、彼に手出しはしない。彼は一人で来ているわけじゃない」ジャロッドがダイニングの奥のほうをあごで示すと、男子トイレの出入口付近にゲージお気に入りのフライパン顔の怪物がたたずみ、黒い目で店内を見まわして脅威の源がないか調べていた。今朝と同じボブキャットのロゴが付いたMSUのTシャツを着ているが、野球帽は被っておらず、頭は丸刈りだった。レッドのいる場所からでも、頭皮に刻まれた深い傷跡が見えた。

「でかくて醜いゴリラだ」とレッドは言った。

「ある晩、ワイアットの女たちにちょっかいを出そうとした牧場の働き手六人をあの男が叩きのめすところを見たよ。ジョン・ウェインの映画みたいだった。ワイアットは用心棒がぶちのめした連中の治療費を払ってやったけど」

「用心棒の名前は？」

「シェフなんとかだったな。うん、シェフチェンコか。ロシア人じゃないか」

「ウクライナ人だ」と、レッドは訂正した。軍隊時代に習得した知識だ。英語以外に流暢（りゅうちょう）に話せる言葉はないが、さまざまな言語を聞き分ける訓練を受け、名字にも精通していた。

ジャロッドは違いがよくわからないとばかりに肩をすくめた。「あいつには近づかないほうがいい」

ワイアットの脚の長い女友達が一人立ち上がって部屋を横切り、ジュークボックスへ向かった。豊満な体の線をタイトなドレスが包みこみ、歩くたびに太腿が少しあらわになる。彼女がそばを通ると、男たちがみな振り向き、女たちの半分も振り向いた。女の顔に浮かんだ表情から、自分が注目を浴びているのを知っているだけでなく、それを楽しんでいるようだ。

女はジュークボックスの上にかがみこみ、曲を選びながら自分の色香をさらに見せつけた。満足したのか、まっすぐ体を起こし、爪を長く伸ばした手でクレジットカードを支払い用スロットにすべりこませた。いくつか選択肢を打ちこんでから、ファッションショーのモデルのようにワイアットのテーブルへ戻っていった。

ワイアットが広げた腕の下へ戻っていく女を、レッドは目で追った。ワイアットがレッドの目をとらえてウインクをよこし、笑顔で手招いた。

海兵隊時代には敵陣を急襲し、反乱者がひしめく家を一掃し、銃火を受けながら移動を果たしてきたレッドだったが、この店のラウンジの床を横切ってワイアット・ゲージと彼のバニーガールたちのほうへ向かったときは、丸腰の素っ裸で戦場へ向かう心境だった。戦場の戦闘ならいくらでも対処できるが、これはもっと限りなく危険な戦いだ。

「来てくれたな」と、ワイアットが声をかけた。立ち上がらず、再度の握手も求めようとしない。「来てくれると思っていたよ。見てのとおり、場を盛り上げようと友達も連れてきた」彼はそう言って女性たちの名前を並べた。レッドは名前を覚える努力をいっさいしなかった。

「大きなチャンスがあるという話だった」と、レッドは返した。テーブルの反対側の椅子を引いて腰を下ろす。「商談じゃないのか?」

「可能なかぎり仕事と遊びをミックスしたい」ワイアットはテーブルの端近くに立っているウェイトレスに手を振った。「友人のマッティに飲み物を。好きなものを頼んでくれ」

レッドはワイアットと目を合わせた。「マットでいい」単純な宣言だったが、ドライアイスのように煙を上げた。彼はウェイトレスを一瞥した。「コーラをもらおう」

ウェイトレスは自分が何か間違ったことをしたのではと、不安そうにワイアットをちらっと見たが、そのあとうなずいた。「はい、ただいま」

ワイアットの顔からほんの少し、にやにや笑いがすべり落ちた。「いっしょにワンショット持ってきてくれ」と彼は声をかけた。「ジャックでいいかな」彼はテーブルの反対側のレッドを見た。「ジャックダニエルが好きそうな顔だ」

ウェイトレスが急いで離れていくと、ワイアットは言った。「名前の件は妹からそう聞いて。すまなかった。悪気はないんだ」

「意図的でないかぎり」レッドはさらりと言った。「何の問題もない」

ワイアットはこれまで聞いた中でいちばん面白いコメントだったかのようにゲラゲラ笑った。若い女たちも笑いに加わった。「いつまでこの町にいるんだい？」笑い声が収まってきたところでワイアットが尋ねた。

「必要なだけ」

そこへウェイトレスが飲み物を載せたトレイを運んできた。ワイアットにビール一パイントとショットグラスを渡し、レッドが注文していないウイスキーを注いだショットグラスといっしょに、氷入りのコーラが入った背の高いプラスチック製の赤いタンブラーをレッドの前に置いた。最後に彼女はカクテルグラスを三つ配った。それぞれに甘ったるそうなフルーツカクテルが入っていた。

ワイアットはショットグラスを持ち上げた。「酒なしで乾杯じゃ、縁起が悪い」彼はグラスを掲げた。「真のカウボーイの最後の一人、ジム・ボブ・トンプソンに」

シェーン・ヘップワースが使ったのと同じような言葉だ、とレッドは気がついた。

ワイアットはショットグラスの中身を一気に飲み干した。レッドも同じように飲み干す。

「狩りはやるんだろ」とワイアットは言い、今度はビールを手に取った。

「してきた」

「うちに射撃場がある。いつでも来てくれ。ＡＲとＡＫがある。最高のスポーティング・クレーの施設も完備されている」

「悪いが、いまはスポーツを楽しむ気分じゃない」レッドはコーラをひと口飲んだ。今夜を乗り切るには頭をすっきりさせておく必要があるような気がした。「それに、最後に撃った標的は脚が二本で、貧弱なあご髭を生やしていた」

ワイアットはまた大笑いした。「ウーラ！　海兵隊だ！」彼はビールグラスを掲げてレッドに乾杯をうながした。レッドは応じなかった。ワイアットはただ首を振って、またぐいっと飲んだ。

「じゃあ、仕事の話に入ろう」とワイアットが続けた。「きみの土地のことで話をしたかった」

「話って、どんな？」

「誰かから聞いたかもしれないが」ワイアットはとっておきの笑顔をひらめかせた。

「できたら買い取りたい」

「売りたいかというと、それはどうかな」

「断る前に、こっちの申し出を聞いたほうがいい」

レッドは肩をすくめた。「よかろう。提示額は？」

「市場価格の二倍。いまここで契約成立となれば、明日のいまごろには億万長者か、それどころじゃないかもしれない」

レッドはワイアットをじっと見つめた。「二倍？　ＪＢにもその申し出をしたのか？」

ワイアットは口をピクッと引きつらせたが、また笑顔になった。「マット、きみのお父さんがどんなに頑固か、きみも知っているだろう。市場価値の五倍を提示したとしても、目に唾を吐きかけられただろうな」

レッドは真剣に考えてもいいと伝えるかのように片方の眉毛を吊り上げた。「五倍か。それなら話は別かもしれない」

「公正な市場価値の二倍だ」とワイアットは言い、今度は笑みを浮かべるふりさえしなかった。「全額現金で支払うし、検査なしの即決だ。実際、心を決めてくれたらいまここで小切手を切ろう。持っていきたいものを集めるのに三十日、いや必要な日にちだけあげよう。もちろんその間の家賃は無料だ。光熱費も負担する。こんないい話はどこにもない。絶対に」

レッドはコーラをもうひと口飲んだ。巨体の用心棒のほうをちらりと見ると、シェフチェンコはぼんやりした表情とは裏腹に、この議論に強い関心を抱いているようだった。レッドの視線に気づいたとき、大男は木の幹のような腕をほどいた。警戒態勢に移行したかのように。

レッドはワイアットに顔を戻した。「この町へ来て四十八時間も経っていないのに、少なくとも三度、きみがうちを買いたいという話を聞かされた」

「おれがいい土地を買いたがるのは、みんなが知っている」

「いい土地？　あそこはぼろ牧場のうえ、先取特権も設定されている」

ワイアットの顔に笑みが戻った――目に見えて暗くなってはいたが。「ああ、たしかに。ごみの山と言えなくもない。ジム・ボブは町のあちこちから借金をしていた。実質、あそこを手放したも同然だった。はっきり言うと、これは親切で申し出ているようなものだ」

「まじめな話、なぜあそこが欲しいんだ？」

「欲しいものは欲しい、ちがうか？　自分くらいカネがあると、欲しいものはたいてい手に入る。だから、最後のチャンスだ。市場価格の二倍。受けるか受けないか、いま決めてくれ」

レッドは背すじを伸ばして身を乗り出し、両手をテーブルに平らに置いた。ワイアットに体当たりをかまそうとしているかのように。「なあ、ワイアット。こういうときおれは、ＪＢだったらどうしただろうかと考えずにいられない。彼ならこう言っただろう。そのカネを持って、てめえのケツに――」

視野の周辺にシェフチェンコが動きだすところが見えた。レッドのほうへずんずん近づいてくる。

ワイアットが手を上げると、シェフチェンコはぴたりと止まった。

レッドは微笑を浮かべた。「素敵な芸だ」

「ローマンはおれの警備に過剰な反応を示す傾向があって」とワイアットは言った。「しかし、そのために雇っている」

「命令ひとつであいつをゴロンさせられるのか？」

「面白いやつだな、マッティ。忠告しておこう。あいつを怒らせるな。あいつに吠えられるだけじゃなく嚙みつかれたら、ただではすまないぞ」

レッドはまたちらりとシェフチェンコを見た。用心棒の全身から熱波のように憎しみが放射されていた。「あいつはそれほど頑丈には見えない——それほど賢いようにも」

「ローマンの英語はきみより達者だ。ドイツ語も、スペイン語も、北京語も」

「文法のレッスンが必要になったら、電話してみよう」

ワイアットは椅子にふんぞり返った。彼が見向きもせずに素っ気ない仕草を送ると、若い女三人が飲みかけのカクテルを置いたまま、そそくさと席を立った。ワイアットはテーブルの反対側にいるレッドをしばらく見つめ、それから言った。「どうも、きみを怒らせてしまったようだな。タイミングが悪かった。この話はまた来週しよう。名刺は渡したな」

「話す必要はない」ＪＢの土地を売る気はない」

ワイアットは鼻を鳴らした。「きみの非常識は親父さんゆずりか？」

「彼の半人前にでもなれたらいいんだが。おれにしたのと同じ提案をしても、絶対に彼は売らなかっただろう」レッドは立ち上がった。目の隅から、シェフチェンコがインクレディブル・ハルクのように、シャツを破るくらい体をふくらませているところが見えた。

ワイアットはレッドを見つめたまま言った。「後悔するぞ、レッド」

「しないと約束する」とレッドは言い、立ち上がった。と見た。「それと、おたくの動物がうちの土地に入らないよう気をつけてくれ」

24

外へ出ると、顔に当たる夜気が心地よかった。凍えるほど寒くはないが、まだ夏でないことを思い出させるには充分な涼しさだった。駐車場を歩いてそよ風を楽しみながら、ワイアット・ゲージとの対決の結果を評価した。

ＪＢの死にワイアットが関与しているのは間違いないと内心思っていたが、別れ際にかけてきた脅しだけでは罪を認めたとまでは断定できない。真の証拠は直接行動の形でやってくる。つまり、次に行動を起こすのはワイアットのほうだ。あの男が言ったように、レッドが目を覚ますのを期待して、何日かしてから提案をし直してくるか？　それとも、その期間を利用して、レッドが最終的に〝事故〟に遭うよう計画を練り始めるか？

敵からの接触を待つ守備的な戦い方は本意でなかったが、さしあたりはそれしかない。

攻撃は思ったよりずっと早くやってきた。

ラプターのドアハンドルに手を伸ばしかけたとき、木の幹が倒れてきたかのような衝撃を背中に受けた。その勢いでドアに激突し、指からふっと力が抜けて車のキーが飛んだ。まずあごが窓にぶつかり、顔が左へ回って右の頬がガラスに押しつけられた。体の残りの部分がドアに当たった衝撃でパネルがベゴッとへこんだ。口の中に血の味がしたが、その瞬間は痛みを感じなかった。自分を襲った何者かがラプターの側面に自分を押しつける圧力だけを感じていた。

嚙みつくような声が言った。「とんまなカウボーイめ。ミスター・ゲージにあんな口をきくとはな！」

スラブ訛りだ、間違いない。

シェフチェンコ。

ワイアットの用心棒にそっと忍び寄られた点には、とまどいを禁じ得なかった。あんな大男が音もなく、これほど敏速に動けるのか。信じられない気がした。

そんなにおれは気が散っていたのか？

とは思えない。

不意打ちによる最初の衝撃はすぐに消えた。基本的に、体当たりでトラックにぶつけられただけで、痛みを覚えなかったわけではないが、このウクライナ人に可能な攻撃はこんなものではないはずだ。

「大間違いだ」と、レッドはしゃがれ声で言った。頬に当たるガラスの圧力と口の中にあふれる血で言葉はゆがんでいたが。

「そう思うか？」とシェフチェンコは返し、高笑いを発した。前に身を乗り出し、ラプターを鉄床に、自分の体を金鎚にして、レッドをつぶそうとした。

「ああ」とレッドは言いざま、ピックアップトラックのドアに両手を当て、自分の体で相手を押し返した。

ウクライナ人の体はレッドより二〇キロ以上、下手をすると四〇〜五〇キロ重いかもしれないが、レッドはベンチプレスで一八〇キロを挙げていたし、背後の敵とちがい、押し返すための安定した物体があった。

一瞬のためらいもなく、持てる力を全開して車を押した。バネに支えられたラプターの車体が揺れたものの、レッドのエネルギーの大半はシェフチェンコを直撃した。大男は本能的に足を踏ん張ろうとしたが、不安定な体勢にレッドの押す力が加わって不利は否めない。後ろへ倒れ始めた。レッドはトラックから体を離すや、両膝をぐっと持ち上げ、へこんだドアパネルにブーツの底を当てた。車を突き放してさらに弾みをつけた。シェフチェンコの上半身の質量とレッドの押す力が組み合わさり、すでにバランスを崩していた用心棒の体はそのまま後ろへひっくり返っていった。

倒れる直前、シェフチェンコはレッドの体に腕を巻きつけようとしたが、レッドのほうが二歩先を行っていた。相手が倒れていくあいだに両脚を素早く引きつけ、体を丸めてくるりと後転し、大男の体が地面に激突すると同時にすっくと立って、戦いの構えを取った。

口にたまった血を地面の砂利に吐き出す。

驚いたことに、シェフチェンコはレッドに負けないくらい素早く飛び起き、パッと立ち上がってまた突進をかけようとした。相手の動きを読んだレッドは寸前で体を回して突進をかわすと、シェフチェンコが伸ばした左腕を両手でむんずとつかみ、大男の勢いに自分の力を加えて引き寄せた。体を密着させて極太の腕を肩に巻きつけ、わき腹に腰を入れて跳ね上げた。

体が風車のように回って柔道の投げが決まるはずだったが、とつぜん宙を舞ったのはレッドのほうだった。

いったい――？

レッドはふたたびラプターのドアに激突した。ガラスに頭がぶつかり、星が見えた。何が起こったのか理解する間もなく、腎臓(じんぞう)に大ハンマーのようなものが打ちこまれた。痛みに絶叫しないようこらえ、うめき声をあげた。

これはやばい。

シェフチェンコがレッドの両肩をつかみ、独楽(こま)のようにくるっと回転させた。次の瞬間、巨大な両手で胸を突いてレッドの背中をラプターに押しつけた。

シェフチェンコが体を近づけた。「もう一回――たとえ夢の中ででも――ミスター・ゲージにあんな無礼をはたらいたら、真っ二つにへし折ってやるぞ」

レッドはひとつだけ残っていた武器を使った。頭突きを敢行し、シェフチェンコの眉間を額が直撃した。ぶつかった瞬間、またしても星が見え、相手の頭の硬さを思い知った。シェフチェンコくらい大きな怪物でも、この頭突きを食らって倒れない人間はいないはずなのだが、レッドが胸に受けている圧力はほんの少ししかゆるまなかった。

シェフチェンコは頭を振って痛みを払い落とすと、巨大な右腕を引き戻し、二〇〇ポンド（約九〇キロ）クロスボウのボルトのようにレッドの腹へ拳を突き刺した。

レッドの体を突き抜けたエネルギーでドアパネルがまたベコッと音をたてた。シェフチェンコが後ろに離れると、レッドはその場に崩れ落ち、体を二つに折って身もだえした。これまで幾多の戦いに身を投じ、強烈な打撃も食らってきたが、こんなのは初めてだ。こいつは人間じゃない。

ブーツの蹴りが襲ってきたとき、レッドは体をひねってその軌道から逃れた。完璧なタイミングで。シェフチェンコには蹴りを止める時間も、その方向を変える時間もなかった。ブーツはレッドの頭のそばをシュッと通り抜けて不発に終わった。

シェフチェンコの右足が弧を描き終わって全体重が左脚に乗った瞬間、レッドが横へ転がり、両膝を曲げてぐんと伸ばすと、その足がシェフチェンコの左膝の横を直撃した。

ブチッと、ローストチキンの下腿部分（ドラムスティック）がちぎれるときのような音がして、シェフチェンコの左脚ががくんと崩れた。そのままもんどりうってひっくり返り、砂利敷きの地面に大きな丸い頭が激突してバスケットボールのように跳ね返った。

呼吸を取り戻したのはもちろん、とつぜんの逆転でレッド待望の攻勢に弾みがついた。体を回して、四つん這いの姿勢からウクライナ人に飛びかかり、がら空きになった顔に拳をぶちこんだ。シェフチェンコの頭が前後にがくんと揺れ、口と鼻から血が飛び散った。すさまじい猛攻の前にシェフチェンコがたぎらせていた獣のような怒りも蒸発した。意識が朦朧（もうろう）としているのは明らかで、気を失っているかもしれないが、まだ容赦はしない。

しかし、追い打ちをかけようとレッドが拳を持ち上げたとき、頭上に雷鳴のような音がとどろいた。

25

銃声にたじろいでレッドが顔を上げると、バーテンダーのジャロッドがショットガンを手に、そばに立っていた。銃口から巻き上がった煙が空へ立ち上っていく、凍りついた次の瞬間、レッドは駐車場に集まった群衆が息をのんで壮絶な戦いを見守っていたことに気がついた。

「もういいだろう、レッドさん！」とジャロッドが言った。彼が叫んでいたのは、ショットガンの轟音で少し耳が麻痺していたためだろうが、声は明らかに震えていた。

「いますぐ帰ったほうがいい！」

レッドは彼を見つめ、そのあと、地面でのびているシェフチェンコを見た。どうすればこの男を殺せる？　あと一撃でとどめを刺せただろうか？　死んだとは思えない。このウクライナ人は雄牛のようだ。それでも、いまケリをつけなければ、復讐を誓ってかならずまた牙をむいてくる。

だが、結論に達する前に、問題は彼の手から取り上げられた。ジャロッドがショットガンの銃身を振り下ろし、銃口をまっすぐレッドに向けたからだ。

「ジャロッド」レッドの声は低く、不自然なくらいおだやかだった。「本気で撃つ気でないなら、人には銃口を向けないほうがいい。おれを撃つ気があるのか?」

バーテンダーは心底恥じ入った表情を浮かべ、銃口の狙いをレッドから外した。「込めてあるのは岩塩だ」と彼は打ち明けた。「でも、もう帰ってくれ。この店でトラブルはごめんだ」

チャンスの窓が閉ざされたことをレッドは知った。ぐらりと体を揺らして、いちど尻餅をつき、それから立ち上がった。立ち上がるのが早すぎたのか、視界の端に暗闇が広がり、気を失わないようラプターの側面に寄りかかった。直後に襲ってきた痛みが波のように全身を駆けめぐった。

倒れていたシェフチェンコが身じろぎを始めた。豚のような黒い目をパチパチさせ、まずレッドに、次にショットガンに目を走らせた。そのあと、石から生身へ変化(へんげ)するおとぎ話のガーゴイルのようにゆっくりと体を起こし、足を引きずって店の正面入口へ向かった。

レッドは信じられないとばかりにジャロッドを見つめた。「おれは追い出されて、やつはフリーパスなのか?」

「頼むから、レッドさん。何も言わずに帰ってくれ」

レッドはひょいと両手を上げた。わかった、それ以上言うなという身ぶりだ。地面から車のキーを拾い上げて、痛めたところが悪化しないようゆっくり動き、何も言わずにピックアップトラックに乗りこんだ。

ラプターのエンジンがかかる轟音が響くと、外に出ていた群衆はばらばらに散っていった。自分の車を探しに駐車場の奥へ向かう者もいたが、大半は〈スペイディーズ〉へ戻っていった。

レッドはハンドルに手を置いて指を丸め、シェフチェンコの喉であるかのように握りしめた。もちろん、自分の大きな手でもあの太い首には回しきれないだろう。いや、次に対決するとき、自分は万全の準備で臨む。文字どおり熊が相手でも戦えるように。

ラプターのギアを入れて前に進み始めたとき、急いで牧場へ取って返して頼りになるJBのルガーをひっつかみ、すぐ戻ってきてケリをつけようかと考えた。

逮捕されて終身刑を食らったとしても、それがどうした？　どのみち、おれの人生は終わったも同然だ。みんなを失望させた。自分の部隊を、海兵隊を、JBを……

そして、エ、ミ、リ、ーを。

ためらう理由がどこにある？　失うものがどこにある？　JBを殺した犯人に正義の鉄槌を下すことさえできたら――アメリカの法制度という道化芝居でなく、掛け値なしの報復……カウボーイの流儀で鉄槌を下すことができたら、少なくともおれの人生の一部には意味があったことになる。

しかし、積もり積もった怒りと罪悪感に衝かれてアクセルを踏みこんでいるいまでも、レッドの耳にはＪＢの思慮深い声が聞こえていた。

正確には、三語から成る言葉だ。

長年にわたり、危険な状況に突入しかけたとき彼を導いてくれた言葉だ。

レイダースの任務中に彼の命を救ってくれた言葉。

彼が信頼する言葉。

〝ばかなまねはやめろ（ドント・ビー・ステューピッド）〟

マルクス・アウレリウスの言葉ではない。しかし、それでも賢者の良識に変わりはなかった。

義憤に駆られ、自分を正当化し、自尊心を傷つけられていたが、にもかかわらずＪＢの三語は問題の核心的本質を射抜いていた。

おれは愚かなまねをしていた。

またしても。

いずれあのでかぶつとやり合わなければならないとわかっていたのに、現実には、その結果を自分で制御できなかった。戦いに負けるかもしれないし、さらには殺されるかもしれないのに、血気にはやって、それで正義を果たせるのか？ 決着のときはかならず来るし、それが来たとき、怒りはためにならない。冷静でいる必要がある。

アクセルを少し戻して、道路わきに車を停めた。何度か深呼吸したあと、窓にロールシャッハテストのようなしみがついていることに気がついた。ドアに叩きつけられたときに付いた血の跡だ。

「素晴らしい」と彼はつぶやき、衝撃でドアパネルがへこんだことを思い出した。思い返すと、改めて怒りに火が点きそうだった。

外へ出て、現状を確認した。へこんではいるが、少なくとも塗装ははげ落ちていない。

携帯電話を取り出し、グーグルで〝近くの自動車修理工場〟を検索した。カリフォルニアに戻れば、一〇マイル（約一六キロ）圏内に半ダースはあるだろうが、ボーズマンかヘレナまで車を走らせる気がなければ選択肢はひとつしかない。

〈ローレンス・オート＆ボディ・リペア〉だ。

「素晴らしい」と、彼はまたつぶやいた。ローレンス爺さんのそばに行くくらいなら、ウクライナ人一ダースに立ち向かったほうがましだ。

選択肢を考えているうちに、パトカーが青い回転灯をひらめかせて町から幹線道路を走ってきた。急いでラプターの車内へ戻ってドアを閉め、追い越す余裕を与えたが、残念ながら警察のSUVは近づいてくるにつれて減速し、ラプターの後ろでブレーキをかけて砂煙を舞い上げ、彼をとまどわせた。

「今度はいったい何だ?」とレッドはつぶやき、SUVのドアが開くところを見守った。サイドミラーに映ったスティルウォーター郡保安官のロゴは左右が反転していたが、それでも見間違いようはない。そこでブラックウッド保安官が降りてきた。

ブラックウッドは染みのついたステットソン帽を被って、レッドのトラックへゆっくり向かってきた。保安官事務所のコート掛けに掛かっていた三五七口径の大きなスミス&ウェッソンが、いまは腰に差されている。レッドは窓を開け、ハンドルの二時と十時の位置に手を置いた。運転手が手を隠していてその窓に近づくときくらい、田舎の法執行官が緊張することはない。ブラックウッドはラプターに近づいてリアバンパーを通り過ぎたとき、親指でロックを解除するサムブレイク式のホルスターを右手で開いた。

「保安官、どうかしましたか?」運転席をのぞきこんだブラックウッドにレッドは尋ねた。

保安官は銃の握把に右手を添えたまま、左手でもじゃもじゃの口髭の先をなでた。

「教えてくれ、若いの」

「スピード違反ですか？」

ブラックウッドはその質問を無視した。「〈スペイディーズ〉で何杯か飲ってきたそうだな」

レッドは表情を変えなかった。「あそこはそういう店だ」

このあと来るべきことに心の準備をした。ブラックウッドはまず飲酒検査のたぐいを行うだろう。その点は心配いらない。ほろ酔い気分ですらない。とはいえ、アルコール検知器がそう判定するとは限らない。ショットグラスのウイスキーを二杯にクラフトエールを一パイント飲めば、法定制限を超えてもおかしくない。

しかし、ブラックウッドが考えていたのはそれではなかった。「ゲージさんと口論になったそうだな」

それを知っているなら、シェフチェンコと対決したのも知っているだろう。誰かが警察を巻きこんだ点に、レッドは少し驚いた。ウェリントンではそういう方法を取らないのが通例だ。少なくとも、彼の記憶の中のウェリントンでは。

「少しね」とレッドは認めた。「スティルウォーター郡でも口論は非合法じゃないと思うが」

「この界隈に新しい火種は必要ない」とブラックウッドは言った。「いまでもうんざりするくらいたくさんあるんだ」

「自分から揉め事を探しているわけじゃない」ブラックウッドはため息をついて、ステットソン帽のつばを押し上げた。「揉め事のほうがきみを探しにくる気がしてな」

レッドはいまの言葉の意味を測った。「保安官、おれがこっちへ戻ってきたのは、父を埋葬して身辺整理をするためだ」

「そいつは本当か？　だったら、親父さんの土地の売却を考えているのか？」

レッドは相手の視線を受け止め、ゆっくりと口を開いた。「まだ決めていない」

盗み聞きを心配しているかのように、ブラックウッドは顔を寄せた。疲れた顔はしているが、酔ってはいないようだ。心配しているようにさえ見えた。「ゲージとその取り巻きに手出しは無用だ。いいか、若いの？」

十分前なら〝おれはふざけたまねをされて黙っている人間じゃない〟と返していただろう。だが、それは愚か者が言うことだ。

「いいか、ばかなまねは絶対するな」ブラックウッドは一語ずつ区切りながら言った。

「聞こえたし、わかったし、了解した、保安官」

「ならいい」保安官はレッドの車のドアを二回、軽く叩いた。「早く家に帰ることだ、レッドさん」

レッドは座ったまま、保安官がSUVに乗りこむところを見守った。ブラックウッドは青い回転灯を消してギアを入れ、エンジン全開で二車線道路をUターンし、猛スピードで走り去った。

レッドはラプターのギアを入れて、誰もいない道路へ戻り、制限速度に気をつけながら家へ向かった。

逮捕されるとしたら、それはスピード違反の切符を切られたときではない。

26

ワシントンDC

暖かい春の夜だった。夏のように蒸し暑くはないが、ステファニー・トレッドウェイの筋肉質の背すじを汗が伝うくらい暖かだった。

彼女は目に赤外線双眼鏡を当てていた。写真撮影のオプションが付いていて、重宝する。今夜、すでに何度かカルプを写真に収めていたが、それは退屈だったからにすぎない。いまトレッドウェイはアレクサンドリアの静かな通りで光源から遠く離れた駐車場の車内に座っていた。カルプと彼女がこの通りに来て四十分が経つ。

「ほんとに用心深い女性ね」トレッドウェイは通信機にささやいた。「携帯電話も見ず、ラジオも聴かず、煙草も吸わない。こんなに光を恐れるのは吸血鬼くらいよ」

「彼女は不注意だったおかげでいまの地位に就いたわけじゃない」通信機からクラインの声が言った。彼はアレクサンドリアの反対側でドゥーデクを監視中だった。

「つまり、用心深い吸血鬼ってこと？」

「仕事に集中しろ」

「ドゥーデクはどう？」

「小柄な女房とソファに座って、膝の上で子どもをあやしている」

トレッドウェイは暗闇の中でにやりとした。「健全みたいね」

「どうしてわかる？」

「本で読んだことがある」

二人はしばらく無言でいた。

「きみの車はスキャンしたか？」と、クラインが言った。

ウィロウ捕獲作戦が悲惨な結果に終わったあとだから、みんなが厳しい監視下に置かれるだろうし、カルプに監視されているのではないかという疑いをクラインはいっそう強めていた。大幹部になろうと、彼女が熟練の現場工作員であることに変わりはない。

「張り込みは初めてじゃないですよ、ボス」と、トレッドウェイは請け合った。

「盗聴器は？」

「三つ見つかりました」

「それで？」

「あなたから受けた訓練どおり、そのままに。好きなとき、好きなだけ嘘を聞かせてやれます」

「いまいるのはレンタカーの中だと言ってくれ」

「実は、盗難車。でも目的は同じね」

トレッドウェイはよりよい写真を撮るため、双眼鏡の光量を調節した。カルプはそこに座って、ただフロントガラスの外を見つめていた。

「わたしたちの淑女は難しい状況でもまったく動じない人なのか、それとも、結局誰とも会わないのか」と、トレッドウェイが言った。

「通りの住所は？」

トレッドウェイはGPSをチェックしてクラインに読み上げた。

「ちょっと待ってくれ」と彼は言った。

カルプの膝の上で小さなランプが点灯した。トレッドウェイの赤外線双眼鏡で見ていると、まるでかがり火のようだ。携帯電話でメールを？　文章を打っているように見えた。

通信機にクラインが戻ってきた。「信じられないかもしれないが――」

「待って。彼女に動きがあったの」

ちょうどそのときカルプが車を降りてきた。周囲をさっと見まわして、誰にも見られていないことを確かめ、二階建て煉瓦造りのコロニアル様式の家へ長い歩道を一目散に向かった。玄関にたどり着くと同時にドアが開いた。

「信じられない」とトレッドウェイが言った。「DAGよ」

説明の必要はなかった。クラインは司法長官代理(DAG)のハンター・ボールドウィンとは数年来の知り合いで、いくつかの特捜隊でいっしょに仕事をした仲だ。ボールドウィンは当時から出世コースに乗っていて、信用できる男だった。少なくとも、おおむねそう信じられていた。クラインがボールドウィンを訪ねたのは、かつての上司が飛行機事故で亡くなりボールドウィンのDAG就任が決まったあとだ。上司から約束されていた職務のことをクラインは彼に伝えた。ボールドウィンは検討しようと答え、その何日後かにその地位をカルプに与えた。

ボールドウィンはカルプに素早くキスし、中へいざなってドアを閉めた。

トレッドウェイは笑った。「カルプがDAGとやってるなんて！　あなたより偉くなったのも納得だわ、ボス」

「頼むから、写真を撮ったと言ってくれ」

「わたしを誰だと思っているの？　もちろんんよ。お望みなら、忍びこんで濡れ場のひとつも――」

「もっといい考えがある。今夜はここまでにしよう」

「あなたがＤＡＧとやったら、次に昇進するのはあなたかも。それとも、待って、わたしが彼とやったら、わたしがあなたのボスになるかもしれない。ねえ、聞いてる？」

クラインは聞いていなかった。

通信が切れていた。

トレッドウェイは双眼鏡と通信機をしまい、スタートボタンを押して車を発進させ、カルプの車を通り過ぎて一ブロック離れるまではライトを消していった。

最近、クラインはすぐ怒る。つまらない冗談で元気づけようなんて大チョンボだ。危険の大きさを考えれば、彼がピリピリするのも無理はない。彼らの人生はどちらも危機に瀕していて、彼はそのどちらにも責任を感じている。不安になるとカッとする。

わたしはブラックユーモアのほうが好きだけど。

トレッドウェイは暗闇で微笑んだ。

物事が思うにまかせないときは、まず大笑いするのよ。

27

モンタナ州

　ワイアット・ゲージは宮殿のような大邸宅の二階にある広々とした仕事部屋で机に向かっていた。雪をいただくクレイジー山脈の峰々に目を留めていたが、心の焦点はいま電話回線で話し合われている問題にそそがれていた。

「きみは郡税査定官だ」と彼は言った。「自分の思うようにできる」

　彼は力強い口調で言ったが、そのあいだに、窓の前に置かれたふかふかのソファに横たわって肘掛けに片方の脚をかけている豊満なブルネットの女性に目配せをした。女はワイアットのドレスシャツを着ていたが、その下には何も着けていない。彼のウインクを見て彼女はクスクス笑い、彼に投げキスをして部屋を出ていった。

「その前に、裁判官のところへ出向く必要があります」相手の男はかすれ声で言った。

「差し押さえ命令を発令してもらう必要が——」

「だったら、そうしろ」

ブルネットが靴下を穿いただけの足で猫のようにそっと戻ってきた。手に持ったトレイに、フルートグラスと明るいオレンジ色のミモザのピッチャーが載っていた。

「それにも手続きがありまして」姿なき声が疲れきったように言った。「地主に文書で郡の意向を通知したうえで公聴会を開かなくてはいけません。これには時間がかかります」

「そこはおれにまかせろ。いいから、手続きを始めるんだ。今月中にレッドの土地を競売にかけたい」

「しかし(バット)、ワイアットさん。それは――」

「しかし(バット)もケツ(バット)もない」

この駄洒落(だじゃれ)を聞いて、覚醒剤(クランク)でハイになっていたブルネットはケラケラ笑いだした。ワイアットは黙るよう人差し指を口に当てた。女は口を覆って静かになった。

「承知しました。着手します」

「よろしい。日程が決まったら電話をくれ」郡税査定官が卑屈な返事をする前にワイアットは通話を切った。

彼は立ったまま満面の笑みを浮かべた。勝つことくらい楽しいことはない。

ワイアットがグラス二つにスパークリングミモザを注ぐと、ブルネットはまた忍び笑いを漏らし始めた。

小鳥のさえずりを思わせるクスクス笑いが続く中、ワイアットの携帯電話に電話の着信音がした。彼は顔をしかめ、仕事の仕方がのみこめていないぶきっちょな公務員を叱責（しっせき）する準備をしたところで、発信者番号と名前が見えた。

彼はしかめ面をさらにしかめたが、電話に出たときは愛想のいい声になっていた。

「ああ、おはよう、シスター。マイル・ハイ・シティ（コロラドの愛称）の状況は？」

ハンナは父親の代理としてデンバーへ呼び出されていた。ワイアットはその点に少なからず気分を害していた。なぜ自分はこの商談の話を聞かされていないのか？　スティルウォーター郡のプロジェクトを成功に導いたことで自分の能力は証明したはずだ。だが、そうではなかった……父のお気に入りは、弱者に寄り添う心を持つ妹（シスター）のほうで、彼女のほうが大きな責任を持たされていた。

最悪なのは、不快な思いを表に出せないことだ。ぺこぺこして、みんなでひとつの幸せな大家族というふりをしなくてはいけない……文句を言わずに働く座付き団員のようにハンナの指示に喜んで従っているふりを。

ハンナのキビキビした声が耳にあふれた。「デンバーじゃないの。ボーズマン空港へ向かっているところよ。お父様がリビアンで迎えに来てほしいって」

アントン・ゲージはモンタナの所有地を訪れるとき、かならずリビアンR1Tピックアップトラックに乗った。長距離走行が可能な全電気車で、大きなピックアップトラックが好まれるこの地域に彼が示した譲歩であると同時に、たとえ可能でも内燃機関車には乗らないという彼の真摯（しんし）な方針に沿った選択でもあった。

リビアンはトラック部門とSUV部門で生産ラインの予約注文に応じ始めたばかりだったが、アントン・ゲージはリビアン社のベンチャーキャピタルの初期投資家だったため、正式生産前の第一試作品のひとつを受け取っていた。「リスクには特権がある」と、ワイアットの父親は日頃から言っていた。

ワイアットは目をむいた。今度はお抱え運転手に格下げか。ボーズマン・イエローストーン国際空港までは車で一時間近くかかる。「急ぎの用があるんだ。リリウムで送れないのか？」

リリウムはドイツで設計された全電気式航空機で、飛行と空中静止の両方の性能を併せ持っている。つまり、垂直離着陸機（VTOL）だ。軽量の炭素複合材で作られ、三十六個の高推力電動モーターを搭載した六人乗りの機体には尾翼も補助翼も方向舵（だ）も必要なく、ダクトファンの向きを変えるだけで方向を制御できる。球根のようなキャビンの前方に短い前翼、後方に幅の広い後翼を持つリリウムは、さしずめ、空飛ぶシュモクザメといったところか。現在の試作品の航続距離は三二〇キロまでに限られている。

リビアンと同様、アントン・ゲージはリリウム製造計画でも最初の出資者の一人となった。この航空機の開発に寄与したのはもちろんだが、リリウムには純粋に実用的な側面もあった。ハリウッドの芸能人やシリコンバレーの重役、超高級クラブ〈イエローストーン・クラブ〉のようなゲーテッド・コミュニティに暮らす裕福な社交界のセレブたちは、長距離ドライブを避けるためにヘリコプターでボーズマン空港との間を往復していた。しかしヘリコプターの利便性は、彼らが愛していると主張する山の新鮮な空気を汚す〝炭素汚染〟という犠牲の上に成り立っている。リリアムがあればゲージは両方のいいとこ取りができる。

連邦航空局(FAA)にコネクションがあるおかげで、彼は三二〇キロまでと飛行距離が限られている実験段階の航空機を操縦する特別な認可と認証を受けていた。アントンもハンナもリリウムを操縦できる資格を持っている。ワイアットはこの特殊な技術を学ぶ気がなかった。学ぶよう求められたわけでもないが。

「リリウムは一時的に使えなくなっているの」ハンナはいらだちの声で言った。彼女は前日の深夜に父親から呼び出されて疲れていた。そこからノンストップで働き続けていたのだ。「ソフトウェアの更新中で」

　ワイアットは笑った。

「ねえ」ハンナが鋭い口調で言った。「あと四十五分くらいで着陸する予定よ。お父様に空港でボサッと立っている暇はないんだから、急いでちょうだい」

ワイアットはまた顔をしかめた。「わかった。できるだけ急いで行く」

彼は親指で画面を操作して通話を終了し、目を上げて自分の泊まり客を見た。「悪いが、パーティはお開きだ。消えろ」


「腹が減った」とマイロが訴えた。〝バッファロー戦士〟の薄汚れた絞り染めのTシャツが華奢（きゃしゃ）な体から垂れ下がり、もじゃもじゃの赤い頭髪を色彩豊かなインカ風ニット帽、チュロスハットが覆っていた。

「始終、腹を空かせてやがる」と相棒が返した。マシュー・レッドは〝ボサボサ頭〟というあだ名をつけたが、仲間内では〝パン〟の呼び名で通っていた。

「母親に似て新陳代謝がいいのさ。あとどれだけ歩けばいいんだ？　足が悲鳴をあげてやがる」紙のように薄い革のモカシンには、爪を切っていない指に突き破られた穴がいくつか開いていた。二人は食料品を買うための物乞いに、ウェリントンへ向かう途中だった。

「必要な時間だけだ――おい、待て。誰か来るぞ」向かってくる車のほうへパンが体を向けた。しわを伸ばそうとシャツを引っ張った。汗染みだけはどうしようもない。

「やっと来たか」と、マイロが言った。彼は短い親指を立てて手を上げた。

「笑顔を忘れるな。友好的な顔でいけよ」

「冗談だろ、シャーロック」赤毛は煙草のヤニで汚れた歯をちらりとのぞかせた。

地平線上にいた黒っぽい車が急に大きくなり、猛スピードで近づいてきた。

「うわっ、くそ」パンが言った。「やつだ」

「気づかずに通り過ぎるかもしれない」

「本気で言ってるのか？　見逃してくれるわけないだろ」

保安官のSUVは急ブレーキをかけ、スリップすることもなくたちまち減速して車体の後部を持ち上げた。車は〝バッファロー戦士〟二人の横で完全に停止した。ボタンのひと押しで、助手席側の窓が開いた。

「やあ、きみたち！　散歩中か」

「やあ、保安官」とマイロが言った。

「保安官代理だ」と男は訂正した。それからパンに顔を向けた。「やさぐれ二人がここで何をしているんだ？」

パンは広い青空を見渡した。「ああ、ほれ。大地の精霊と交信してエネルギーを取りこんでるとこさ」

「つまり、何もしていないわけだ」

「ここは自由の国だろ」

「誰がそんなことを言った？　この世にタダなんてものはない。いっぱしの人間になりたかったら、自分で道を切り開くしかない。立派な人間になりたくないのか？」

「おれたちはこの惑星を守るために戦っているんだ」マイロが体を掻きながら言った。

「だから、おまえたちが靴と呼ぶ屋内用スリッパを履いて熱いアスファルトの上を歩いているのか？　清浄な空気に貢献するために？」

「それどころか――」

ドアが音をたてて解錠され、マイロの言葉をさえぎった。

「乗れ」と、保安官代理は命じた。「二人とも」

パンが眉をひそめた。「どうして？」

「ちょっと話がある」

「どんな？」と、パンは訊いた。

「乗ればわかる」

「乗らなかったら？」不安でマイロの顔が険しくなった。

保安官代理は小さな笑みを浮かべた。「おれを信用しろ、そしたら、これまでよりずっとうまくいく」

〝バッファロー戦士〟の二人は不安げに顔を見合わせた。あきらめたように肩を落とし、大きなSUVの後部座席に乗りこんだ。

シェーン・ヘップワース保安官代理は蔑ろにしていい相手ではない。

28

　レッドにとっては長い夜だった。ＪＢの安楽椅子に納まって、ショットガンを膝の上、ホルスターから抜いたルガーをコーヒーテーブルに置き、切れぎれに眠った。〈スペイディーズ〉の駐車場での対決があった直後だけにワイアットが再度襲撃を仕掛けてくるとは思えないが、それでも厳戒態勢を解く気にはなれなかった。

　胃のあたりの痛みでゆうべ受けた大きな打撃を思い出し、うめき声をあげながら上体を起こした。何はともあれ、受けた被害よりは大きな被害を与えてきた。こわごわ立ち上がり、予期せぬ打撃を受けた腹壁をかばいながら痛みをほぐしていく。フーディーニ（マジシャン。腹を殴らせる芸がもとで死去）が死んだのも、同じような状況じゃなかったか？　一日経っても改善が見られなかったら、検査を受けにいこう。

　ワイアットの用心棒を始末したい理由がもうひとつ増えた。

　キッチンに向かい、蛇口をひねって顔に冷水を浴びせ、ポット一杯分のコーヒーを淹れ始めた。

シェフチェンコのことは忘れろ。やつにはあとで取り組めばいい。

コーヒーメーカーがコポコポ音をたてるあいだ、レッドは〈ロイズ〉で買ってきた缶詰からスパムを取り出し、切り分けて炒めた。すぐ体を初期状態に戻す必要がある。特に、しばらくこっちにとどまるつもりなら。

そこが大きな問題なのは言うまでもない。殺されたＪＢの仇を討たなければならないのは確かだが、その先は考えていなかった。この土地をワイアットに売る気はない――そこも間違いない――が、牧場の将来については決断が必要だ。自分の将来についてはもちろんのこと。

二週間前なら、スティルウォーター郡に戻る可能性などあり得ないと思っていただろう。まして、職業人生の選択と向き合うことになるなんて。

こっちへ戻り、牧場を切り盛りして残りの人生を送ろうなんて考えたこともなかったが、その考えに魅力がないわけではない。ＪＢが腰の骨を折って動けなくなったときは、ほとんど一人で牧場を切り回した。きつい仕事なのは確かでも、考えつけるどんな仕事よりずっとやりがいがある。多くのドアが閉ざされたいまとなっては、なおさらだ。

しかし、重労働をこなすだけでは牧場の経営は立ち行かない。弁護士のデューク・ブラントンが言っていたとおりなら、そのためには利益を上げなければならない。それも、早急に。そのためには資金が要る。家畜を買い、施設を修繕しなければならない。八年間の倹約で多少の蓄えはある――道楽したのはラプターだけだ――が、定収入がないとたちまちそれも蒸発してしまう。

牧場を守ることからして可能なのか？

売る以外に選択肢はないのかもしれない。

いまはそれを考えているときではない、と彼は自分に言い聞かせ、フォークでもうひとつスパムを突き刺して口に入れた。

朝食後、レッドは服を脱いで洗濯機に入れた。ジーンズは汚れにまみれ、血痕が付着していた。自分の血と、シェフチェンコの血が。前処理をして可能なかぎりこすったが、染みは永久に消えそうにない。

所持品が詰めこまれたダッフルバッグをトラックの荷台に置いたまま、カリフォルニアを発(た)ってきた。バッグには迷彩服が二着あった。一着はMARPAT(マーパット)の標準的な緑色のデジタル迷彩服、もう一着はベージュ色の砂漠用。きれいなTシャツが何枚かと靴下が何足かあった。戦闘服は名前のワッペンをはがしてホームレス復員兵の慈善団体に寄付するつもりでいた。年寄りの復員兵は迷彩服を着るのが好きだ。人前で軍服を着るのは気が引けるが、いままで着ていたものを除けば、持ってきた服はこれだけなので、熱いシャワーを浴びたあと、緑色の迷彩服のズボンを穿き、オリーブドラブ色のTシャツを着た。アウトドア用品店に立ち寄って、ラングラーのジーンズを二、三本、それとたぶん新しいカウボーイブーツも買う必要があるだろう。

レミントンの様子を見に納屋へ向かった。馬房を開けると、馬はうれしそうにいなないた。レッドは放牧地に出る横の出入口を開き、馬が新鮮な空気を吸って運動できるようにしてから家の中へ戻り、ずっと先延ばしにしてきた対面に臨む準備をした。

家を出る前、ホルスターに入ったルガーをつかみ、不信心者（インフィデルズ）のバイカーから奪った拳銃も携帯した。足のつかない武器があれば便利かもしれないが、携行に危険がないわけではない。拳銃は太腿のカーゴポケットに入れた。西部劇のような状況になった場合、最初に使うと思われるルガーを、ラプターの助手席に置いた。

自動車修理店〈ローレンス・オート&ボディ・リペア〉を見つけるのにGPSは必要ない。高校時代、数えきれないくらい足を運んだからだ。そのガレージはローレンス家の住まいとともに、ウェリントンから一・五キロくらい北のエルクホーン・ロードにあった。てっぺんが有刺鉄線に覆われた正面ゲートは開いていたが、けっして人を招き入れる雰囲気ではない。マヒンドラ（インドの自動車メーカー）の赤いトラクターと、少し色褪せているがスティルウォーター郡のオレンジがかった黄色いスクールバスを改造したメソジスト教会のバスを通り過ぎた。ボンネットが開け放たれていて、フロントバンパーの上にローレンス爺さんが立ち、腰を曲げてエンジンに取り組んでいた。ラプターの3・5Lエコブーストエンジンがゴロゴロ音をたてて停止すると、ローレンスが頭を持ち上げた。ガレージにやってきた人物が誰かを見て、いつも陽気に人を歓迎するローレンスが嵐雲のように顔を曇らせた。老人の鋼のような灰色の目がすっと細められ、油で汚れた顔のしわが深くなった。

八年間離れていても二人の間に大きな変化はなかったようだ。

レッドはひとつ深呼吸してから外へ出た。彼がラプターの前へ回りこんだときは、ローレンスはいまも元気らしくバスのフロントバンパーから飛び降りていた。重いモンキーレンチを後ろポケットに入れ、バスのエンジン以上に油汚れや煤汚れがひどい雑巾で、鉄のように硬い手から油とエンジン煤をぬぐった。

「こんにちは、ローレンスさん。覚えてますか？」

気は確かかとばかりに、ローレンスはレッドを一瞥した。

憎い男を忘れるのは難しい。

なぜいまみたいなばかな質問が口から飛び出したのか、レッドにはわからなかった。しかし、ローレンスの前に出ると緊張する。ずっとそうだった。小さな会衆を率いる〝天職〟ゆえにローレンス牧師と呼ばれるのが好きな彼は、レッドより三〇センチくらい背が低く、頭にくしゃくしゃの豊かな白髪をいただいてはいるが、もう八十歳近いはずだ。エンジンブロックの上にかがんだときや、ジャッキで上げた車のオイル受けの下で仰向けになっているときを除けば、立った姿勢はまっすぐで、肩を怒らせている——いまそうしているように。油まみれの青い作業服の名札に〝イーライ〟とファーストネームが記されていた。

ローレンスはレッドの質問を無視した。「お父さんのことは残念だった、マシュー。彼のことはずっと好きだったが、去年は特に親しくなった。彼は立派なキリスト教徒だった」

レッドは信じられないという表情を抑えるのに懸命の努力をしなければならなかった。ＪＢは神の存在を信じ、キリスト教徒として生きようとしていたが、組織化された宗教は苦手だった。ＪＢが教会の玄関扉を開くのは、結婚式か葬式に出席するときに限られていた。教会通いがローレンスの考える〝立派なキリスト教徒〟の大きな要素であることも、レッドは知っていた。

「ありがとうございます」

ローレンスは目を細くして彼を見た。「今日は何の用だね？」

老牧師がキリスト教徒らしい態度を必死に保とうとしているのが、レッドにはわかった。地獄に落ちろと言いたいのを我慢して。

レッドが初めて会ったとき、ローレンスは人を温かく迎え入れる心の持ち主だった。

伝道師である以上、当然だろう。

だがそれは、レッドがエミリーと付き合うまでのことだった。人生のとても遅い時期に彼とローレンス夫人との間に生まれた一粒種だ。エミリーは彼にとっての〝イサク〟、長く不毛な結婚生活中、彼がずっと神に祈り求めてきた子どもだった。

かつて教会の聖歌隊で歌い、いつか自分も牧師の奥さんになると幼いころから口にしていた娘がとつぜん、マシュー・レッドといっしょに過ごすために日曜夕方の礼拝をさぼるようになったところまでは、ローレンスにも理解できないではなかった。二人はまだ高校生だったが、恋に落ちていて——どちらも初恋だった——親が不在のときに恋する若者の多くがするようなことをした。その後、エミリーの物の見方は少しずつ変わっていった。少なくとも、最初は少しずつだった。

彼女はどんどん疑問を発し始めた。両親が望むような人生を生きるのではなく、わたしは自分の人生で何をしたいのだろう、と。

ローレンス牧師とその妻は若い二人を別れさせようとしたが、それは二人の距離をいっそう近づけるだけだった——最終的に自分たちで破局するまでは。

ローレンスにしてみれば、この別れと娘の失恋の責任はほとんどレッドにあった。牧師の目に、レッドには娘にふさわしい青年になるための努力が不足していると映っていた。最初はマシューのことを気に入っていたし、十代だったマシューに、しゃんとして優先順位をしっかり決めるよう働きかけた。しかし、まず学校でトラブルがあり、それが私生活にも波及した。聖書には問題だらけの人生を送ったあと立ち直った人たちが大勢登場すると、何度ローレンスが言って聞かせても、若いレッドは挑戦的な態度を取り、耳を傾けようとしなかった。

少なくともローレンスはそう思っていた。レッド側の話に聞く耳を持たなかった。レッドが高校中退に追いこまれたのはＪＢの牧場で二年間、過酷な労働をしていたからで、そのせいでエミリーとも会えなくなり、最終的に交際を絶つに至ったことを、牧師はまったく知らなかった。手遅れになるまで、レッドにはいろいろな意味でエミリーしかいなかったことに気がつかなかった。

レッドと別れたあと、エミリーが福音の伝道者や宣教師と結婚することはなかった。教会の仕事に就くことさえなかった。最後にレッドが聞いたとき、彼女はテキサスで暮らしていた。ローレンスはそれもレッドのせいだと思ったのだろう。エミリーを夫妻から引き離したのがテキサスの大学看護学部の全額奨学金だったことを、彼はわかっていなかった。

「いま訊いただろう。何の用だね？」と、ローレンスは質問を繰り返し、レッドを現実に引き戻した。

レッドは手で顔をこすって考えた。ローレンスの質問は、ひとたび殺戮地帯に足を踏み入れたときレッドをズタズタに引き裂くために仕掛けられたクレイモア地雷のようなものだった。

「トラックにへこみができて」レッドはトラックの運転席側に戻り、ローレンスもあとに続いた。レッドが損傷箇所を指さす。

ローレンスは硬化した指でへこみをなぞった。「何があったんだ?」瞬きをしない灰色の目は嘘発見器だった。

「駐車場で。人に近づきすぎて」

嘘ではない。

ローレンスはレッドを頭から爪先までじろじろ見て、「すぐ戻る」と言った。

老人は修理場へ戻り、暗い奥に消えた。

レッドの耳に工具を叩く音が聞こえた。そのあとローレンスが手にひとつの装置を持ってまた現れた。巨大な吸盤に取っ手を付けたようなものだ。

ローレンスはその吸盤をドアパネルに押しつけてハンドルを回し、しかるのちに引っ張った。ゴムの下で板金がペコッと音をたてた。ローレンスは吸引装置をゆるめて損傷箇所をもういちど手で調べ、カップを何センチかずらして同じことを繰り返した。吸引装置を引き離し、最後にもういちど点検してからわきへ寄った。

「どうだ？」

レッドはなめらかなドアに手を走らせた。ローレンスの説教が修理と同じくらいうまかったら、おれを改心させることもできたかもしれない。おれみたいな人間に神様が手間をかけることはないだろうが。

「はい。いくら払えばいいですか？」

ローレンスは片手を振った。「要らん」

「そうはいきません」レッドは財布に手を伸ばした。

「しまえ」

レッドはゾッと寒気を覚えた。こういう命令の声を出せるなら立派な軍曹になれただろう。「はい」

「お父さんへの贈り物と思ってくれ。彼はもっといい最期を迎えるにふさわしい男だった」

レッドはそこに二重の意味を感じ、口元を殴られたような気がした。残念ながら、牧師の言うとおりなのだ。

「では、おいとまします」

「いつまで町にいるんだ？」

「まだわかりません」

「だったら、うちで葬儀を執り行う時間はあるな」

レッドは首を振った。「それは考えていません。大騒ぎしてほしくないと遺言にあったし、父は宗教にあまり興味がなかった」

「遺言はずっと前に手配したものだろう。彼はこの何カ月かで変わった。それどころか、つい数週間前、わたし自身が洗礼を授けたばかりだ」

ローレンスを嘘つき呼ばわりする気はなかったが、ＪＢが生まれ変わったという考えには噴き出しそうになった。レッドはまた首を横に振った。「彼はもう火葬されている。彼の望みどおり、遺灰を牧場に撒くつもりです」

「だったら、せめてわたしに追悼式をやらせてくれ。ジム・ボブはこの地域の有名人だった。みんな敬意を表したいだろう。それくらいの借りは、きみにもあるはずだ」

レッドは眉をひそめた。自分には必要のない手間だ。だが、ローレンスの言うことは間違っていない。彼はうなずいた。「わかりました」

「よし。火曜日の午後五時に、うちの教会で執り行おう」

レッドは背すじをまっすぐにした。「失礼は承知ですが、できれば牧場でやりたい」

牧師は何か言いかけたが、思いとどまった。「どうしてもと言うなら」

「お願いします」

「誰を招待する？」

レッドは肩をすくめた。「このあたりにもう知り合いはいません」

「わたしに一任してもらえまいか？」

いつになく低姿勢だ、とレッドは思った。「十人以下で」

ローレンスの左目がぴくりと動いた。「この郡のみんなが敬意を表したがるだろう」

「かまいません」

「最低でも五十人」

「最大でも二十人。だめなら、この話はなかったことに」

ローレンスは喉元で音をたてた。「来てくれた人たちへの挨拶は？」

ＪＢへの思いを公にする機会を楽しみにしていたわけではなかったが、これも自分を育ててくれた……救ってくれた男への恩返しか、とレッドは思った。だからうなずいた。「少しだけ」

「牧師の説教は？」

レッドは老牧師の目に決意を見た。「手短に願います」

ローレンスは短いうなずきを返した。「では、それで決まりだ。火曜日に。ほかに相談することはないと思うから、わたしは仕事に戻る」彼は踵を返して教会のバスへ戻っていった。

レッドは声をかけたかった。〝エムはどうしています？〟と。しかし、ラプターに戻ってギアを入れ、走り去った。牧師がバスのボンネットの下からそっと外をのぞき、レッドが去っていくのを見ていまいましげに首を振るところが見えた。

無理もない、と思った。

この何年かで、エミリーに連絡を取ってみようと何千回も考えた。しかし、そんなことをして何の意味がある？　彼女には彼女の職業人生があり、彼には彼の職業人生があった。二人ともそれぞれの道を選んだ。そのうえ、二人ともラバのように頑固だった。

しかしこういう瞬間には、彼女を手放したとき自分は何を失ったのだろうと思わずにいられない。

レッドは悪態をついた。

故郷に帰ったというのに気分は最悪だ。

ここで彼は決めた。ＪＢを殺した犯人と決着をつけたら、牧場を売ってモンタナ州に別れを告げよう。

29

「ここだ！」

ハンナが顔を上げると、ボーズマン・イエローストーン国際空港の運行事業支援者ターミナル前に駐まっている父親の銀色のピックアップトラック、リビアンの前に兄が立っていた。ワイアットは明るい笑みをひらめかせて手を振っていた。

ハンナの横でアントン・ゲージが小さくうなずき、息子のほうへ動きだした。アントンの仕草は彼のすべてと同様、魅力的で、クールで、エネルギー効率に優れていた。アントンはワイアットより背が高くて肩幅が広く、その動きはもっとずっと若い男性を思わせた。真っ白なふさふさした髪を両耳の後ろにかけ、髭をきれいに剃っていて、昔の北欧人を連想させるくっきりとした端正な顔立ちをしている。青い目は鋭く獰猛(どうもう)な感じで、途方もない知性とは対照的だが、面と向かったときの魅力的な笑みは最も執念深い敵すら魅了し、彼が覚えきれないくらい大勢の美女を彼のベッドへ誘いこんできた。

ハンナは父親の長い歩幅に合わせて歩いていった。二人の足取りは二人の容貌と同じく合わせ鏡のようだった。ハンナの母親はワイアットの母親と異なりファッションモデルだったが、姿かたちと漂わせている気品は父親ゆずりだ。

二人はそれぞれキャンバス地の旅行かばんを携行していた。環境保護主義者のコミュニティにそれぞれが占めている地位を考えれば、革製品はそぐわない。アントンは既製品の薄いリネンのスーツに白いTシャツ、トムスのキャンバススリッポンという服装だった。彼を中傷する人たちから、この惑星で最も身なりの悪い億万長者と陰口をたたかれている。中傷者たちの理解とは裏腹に、アントン・ゲージは自分の魅力の源泉が別のところにあることを知っていた。

兄がシェフチェンコを置いてきたことにハンナは驚いた。牧場に置いてきたのか、闘技場に置いてきたのか、それとも、彼がいないときいつもウクライナの猛獣をつないでいる場所に置いてきたのか。シェフチェンコはゲージ家の人々に忠実だが、冷酷な殺し屋だ。周囲にシェフチェンコがいるとき、ハンナは、いつ爆発して近くのみんなを殺すかわからない不発弾のそばにいるような心地を覚えた。あの男を管理するコツは、弾を込めたライフルのように正しい方向へ向けておくことにある。彼女はそう理解していた。

父親はシェフチェンコをおおよそ無用の装備品と見ていた。バニティ・プレートと呼ばれる特別な文字や数字で飾り立てたナンバープレートをランボルギーニに付けているようなものだ。シェフチェンコの警護がときたま必要にならないわけではない。しかし、だいたいにおいてこの巨大な用心棒は、ワイアットの権力と富とそれがもたらす不安を下品な形で誇示しているにすぎない。兄とちがって、ハンナはシェフチェンコを必要なときだけ使う道具としか見ていなかった。

父親も娘と同じだった。アントン・ゲージは愚か者ではない。世の中には彼とその家族に危害を加えようとする悪人がいる。しかし、アントンは自分の運命を熱烈に信じてもいて、少なくとも短期的にはそれが彼を無敵にしていた。地球とそこで最もお腹を空かせている住民のために無私無欲の努力をしていることが、悪から身を守る緩衝材になっていると思いたかった。量子力学の原理を素朴ながら的確に表現したものと彼が信じている〝善きカルマ〟は、人の悪意に打ち勝つのに大きな役割を果たすのだと。

ワイアットが父の乗る側のドアを開けなかったのは、階級差を嫌う男がそれを期待していないからで、妹の側のドアを開けなかったのはフェミニストである彼女の感受性を傷つけるからだ。父と娘は旅行かばんを車の後部に放りこんだ。

「空の旅(フライト)は快適だったかい？」ワイアットはシートベルトを締めながら尋ねた。

「もちろん」と、ハンナが後部座席から言った。「快適でないわけがある？」

ワイアットはルームミラーの彼女をにらみつけた。「訊いてみただけだ」

「素晴らしいフライトだった」アントンは雪をいただく近くのブリッジャー山地をちらりと見た。この世界的な野望を秘めた小さな地方空港をどんなに気に入っているか、彼はしばしば口にした。便利で、おだやかで、趣がある。「美しいだろう、ここは？」

これは質問ではなかった。

「今日も楽園の一日さ」ワイアットはスタートボタンを押した。エンジンのかかる音は無音に近かった。「会議は順調でした？」彼は父親をちらりと見た——明らかに返答を期待して。

しかし、世界的に有名な天才技術者は駐機場にいる小さな練習機の開いたコクピットで教官から指示を受けている若い操縦訓練生二人に心を奪われていた。

「運転に集中して」とハンナが言った。「あとで教えてあげるから」

「牧場へ、父さん？」ワイアットは妹を無視して尋ねた。

「ああ、頼む」アントンはようやく口を開いた。柔らかさとは無縁の声で。

ワイアットは車のナビゲーターを指さした。「一時間十分かかるそうです」

「かまわん」

しかし、父親が時間を気にしていることをハンナは知っていた。はっきり言って、アントン・ゲージの時間は、彼が社交上ちょくちょく付き合うことのある下品で自己中心的なセレブたちのそれよりはるかに貴重だ。環境保護活動への支持を得るため彼らの偽善を容認してはいたが、アントン・ゲージは自身の性格上の欠点としてそこに内心忸怩(じくじ)たる思いがあった。

しっかり練習を積んだ笑顔の奥でワイアットがはらわたの煮えくり返る思いをしていることも、ハンナは知っていた。ルームミラーで彼女の小ばかにしたような視線に気づいたのだろう、彼は前方の道路に目を戻した。ワイアットには父親に質問したいことが山ほどあるのだろうが、それを胸にとどめていた。父親は話したければ話すだろう。

アントンは彼の暗号化されたタブレットを取り出し、メールに目を通し始めた。三人は無言のまま家へ向かった。リビアンの静けさに合わせるかのように。

30

ワシントンDC

ギャビン・クラインはFBI別館のオフィスで、ドゥーデクの謎のプリペイド式携帯電話について考えを巡らしていた。ドゥーデクの自宅に侵入して監視装置を回収することはまだできていなかったが、捜査官のオフィスは何度か捜索できたし、コート掛けに架かっている彼のスポーツコートまで調べた。ドゥーデクが仕事に使っている車も調べたが、何も見つからなかった。

あの電話を見つける必要がある。情報を漏らしたのがドゥーデクかどうか確かめなければ。

インターホンが鳴った。「ギャビン、二番にお電話です、緊急だとか」と、秘書のエイミーが言った。クラインの部屋の窓からは、持ち場にいるきれいな若い女性が見えていた。その口が静かに動いて、インターホンに声を響かせている。

「誰からだ？」

エイミーが振り向き、窓越しに彼を見た。「名乗りませんでした。でも、市外局番は四〇六です。どこですか？」

クラインにはよくわかっていた。モンタナ州に覚えておくべき市外局番はひとつしかない。

「ど田舎だ」と彼は返し、笑い飛ばした。「おおかた、地球外生命体（エイリアン）に牛を殺されたとか、哨戒（しょうかい）中の国連軍の黒いヘリコプター部隊を見たとかいう、農家からの報告だろう」

「伝言を受けましょうか？　忙しいと伝えましょうか？」

クラインはため息をついた。「いや、いい。相手は納税者だ。給料に見合った仕事をしないとな」彼は腕時計を確かめた。「早めの昼食にしないか？」

「まだ十一時ですよ。お腹は空いていません」

「だったら、ゆっくり時間をかけて食べればいい。内務省（DOI）の新しい恋人に会ってきてもいいぞ」

「本当ですか？」エイミーは用心深くも明るい声で言った。

「一時には戻ってこいよ」

エイミーはクスクス笑った。「感謝します、ボス」

「さあ、行ってこい」

「了解です」エイミーはインターホンのスイッチを切り、ハンドバッグを手にドアから勢いよく出ていった。

クラインは彼女がいなくなるのを待って電話を取った。メキシコでの出来事のあと、こういう電話を待っていた。「クラインです」

しかし、受話器から聞こえてきたのは彼が予期していた声ではなかった。「ちょっと話がある」

31

モンタナ州

ローレンスの自動車修理店を出たあと、レッドはウェリントンの町にある〈ホーマンズ牧場飼料・補給品店〉へまっすぐ向かった。将来の計画はさておき、レミントンにはもっと干し草が必要だ。

ローレンスの店を訪ねたことで数多くの思い出が甦ってきた。いい思い出もあったが、そのあと起こったことの影響でそのすべては苦痛に満ちていた。エミリーはレッドが初めて、ただ一人愛した女性だった。なのに彼女を手放してしまった。

その思いをしまいこんで軍務に埋没しようとした。すべてが吹き飛ぶまではそれでうまくいっていた。

ＪＢを失ったいまは、人生のすべてが燃え尽きてしまったような気がした。〈ホーマンズ〉も、しばらく思い出すことはなかったが、おなじみの店だ。牧場で使うものを買うだけの店ではない。ここにはいい思い出がたくさんあった。あいにくそのどれにもＪＢが絡んでいて、喪失感を強めるばかりだったが。

ＪＢに連れられてここへ来たのは、レッドがひと夏働いて手にしたお金で初めてのライフル、サベージ22口径ボルトアクションを、最初の弾薬といっしょに買うためだった。レッドが大きなヘンリーライフルと格闘して顔に大怪我を負ったこともあり、もう少し小さなライフルにしたほうが射撃のコツを学べるとＪＢは考えたのだ。

工具類、建築資材、殺虫剤、ペンキ、そしてもちろん牛馬の飼料と、彼らは何年ものあいだ牧場に必要なものをすべてホーマン氏から買っていた。

レッドが十四歳のとき、クアーズの三二オンス（約九五〇ミリリットル）ボトルをズボンに押しこもうとした彼を捕まえたのもホーマン氏だった。親切な彼は保安官ではなくＪＢを呼んでくれたが、その後一週間続いた氷のように冷たい沈黙に耐えるよりは刑務所に入ったほうがましだっただろう。養父はけっして声を荒らげたり手を上げたりせず、食べ物や住むところを剝奪することもなかった。しかし、彼の顔に浮かんだ苦い失望は、母親が付き合っていた麻薬の常習者たちから受けた肉体的虐待以上に耐えがたかった。謝罪の言葉を見つけるのに——口先だけでない、心からの謝罪の言葉を見つけるのに——何日もかかった。ＪＢはうなずいてそれを受け入れた。だが、レッドが養父の敬意を取り戻すには長い時間がかかったし、いったん取り戻したときはそれを手放すまいといっそう奮闘した。

「マシュー・レッド、そのあご髭の後ろに隠れているのは、おまえさんか？」カウンターの奥から出てきたホーマン氏は満面の笑みをたたえて腕を広げた。

「そのとおりです、ホーマンさん。お久しぶりです」二人は握手を交わした。

ホーマンは小さく首を振って驚きを装った。「わしの記憶の中よりさらに大きくなったな、坊や。軍隊生活が性に合っていると見える」

レッドはうつむきたい衝動と戦わなければならなかった。「一日三回しっかり食事をしてちょっと日光を浴びれば、みんなすくすく育ちますよ」

「そう。決め手は太陽の光だ。百回続けて腕立て伏せをできるんだろう？」レッドが話をする気分でないのを察したようで、ホーマンは急いでこう付け加えた。「気の毒だったな、ジム・ボブのことは。惜しい人を亡くした」

レッドはうなずいた。「JBの支払いの一部が滞っていたと聞きまして。こちらで支払うべきものはないですか？」

ホーマンは彼を横目で見た。「請求書を印刷しよう。では、あそこを売る気なのか？」

この問題についてははっきりさせたばかりだったが、人前で認めるのはためらわれた。「選択肢はあまり多くないようです」

ホーマンはうなずいた。「あそこを、いわば家族で……維持したい気持ちがあるのなら……何らかの支払い計画に道を開けないこともない。新しい家畜を手に入れられるよう、信用取引の限度額を拡大することも。おまえさんにその気があるならだが」

この申し出にレッドは驚いた。ウェリントンでは多くの人から、売ったほうがいい、現金化して出ていったほうがいいと言われてきたし、誰かが救いの手を差し伸べてくれるとは思ってもみなかった。

「おまえさんに代わって物事を管理してくれる人を推薦することもできよう」とホーマンは続けた。

そうか。この人はおれがまだ海兵隊にいると思っているのだ。

「その選択肢も考えなくちゃいけない」レッドはゆっくりと言った。

「ならこうしよう。検討して、町を出る前にここを訪ねてくれ」

レッドはうなずいた。「今日、買っていきたいものがあります。牧草を二俵とアルファルファ一俵」

「いいとも。勘定に入れておこう」

レッドはかぶりを振った。「それはいま払います。JBからいつも言われていた、穴に落ちたら、まず掘るのをやめろってね」

ホーマンはにっこりした。「適切な助言だ。いいことを教わったな」

ホーマンの店を訪れたことで、レッドは多少なりと暗い気分から解放された。飼料店からの取引限度枠が拡大されても――信用取引で物を買うという考えに、レッドは乗り気でなかったが――牧場を黒字に戻すにはまだかなりの時間と資金が必要だ。それでも、価値ある挑戦のような気がしたし、自己憐憫に浸らず頭をふさいでおくいい方法のような気がした。しばらくこっちにいて、試してみるのも悪くないか……死んだり、刑務所に入ったりしていなければだが。

また〈ロイズ〉に立ち寄り、今回は戸棚と冷蔵庫の両方を満たせるだけの食料を買いこんで牧場へ戻った。わずかながら改善した気分が続いたのは家の前にトラックを駐めるまでだった。そこで玄関のドアが開いていることに気づいた。

たちまち戦術モードに入ってトラックのエンジンを切り、ルガーを右手に外へ飛び降りて、前輪の後ろにしゃがんだ。周囲の森を見渡し、近くに誰かが潜んでいる気配はないか、接近路をあらゆる角度から確かめた。しかるのちに用心しながらトラックを回りこみ、玄関のドアに忍び寄った。

素早く一瞥すると、ドア枠の受け座の周囲に溝が見えた。短いバールでこじ開けられたのだ。

レッドはそっと中へ入った。ルガーを構え、一歩進むたびに耳を澄ましながら。気づかれないよう最大限努力したが、彼の体重を受けて古い板がきしんだ。

小声で悪態をついた。

家には誰もいないように見えたが、侵入の形跡は数多くあった。中が荒らされていた。家具が蹴り倒され、壁から絵が引きはがされてわきに投げ捨てられていた。銃器保管庫に擦り傷が見える。誰かが壊して開けようとして失敗したのだ。それでもレッドは暗証番号を入力し、すべてが元のままか確かめた。

元のままとわかり、安堵の吐息をついた。そのあと暖炉の炉棚を見上げ、愕然とした。

ＪＢの遺灰を入れた箱がない。

そのあと、プラスチックの黒い箱がソファの上に投げ出されているのが見えた。蓋が開いていたが、灰は袋の中で無事だった。そっと拾い上げ、炉棚の上へ戻す。キッチンを一瞥すると、冷蔵庫の扉が大きく開き、中が空っぽになっていた。キッチンに入ると、食料戸棚も同様に略奪を受けていた。

家の中全体を移動し、部屋をひとつ確かめるたびに不心得者たちが立ち去ったことが確認されていき、徐々に警戒の姿勢をゆるめていった。盗むものなどたいしてなかったが、侵入者は多大な努力を払っていた。どの部屋でも引き出しが引き抜かれ、ベッドが引き裂かれ、飾り戸棚が開けられていた。盗人たちの最大の獲物はＪＢの薬箱に隠してあった鎮痛剤のようだ。このあたりに麻薬がらみの犯罪が増えているとシェーン・ヘップワースから教えられたのをレッドは思い出した。

これもそうなのか？　それとも、そう見えるよう仕組んだだけか？

嫌がらせをして牧場から追い払おうという、ワイアット・ゲージの最新の試みなのか？

だとしたら、やつには人を見る目がない。

そこで納屋のことを考えた。

馬を盗んでいったりするだろうか？　いや、まさか……

レッドは急いで外へ出てまっすぐ納屋の扉へ向かったが、扉は閉まっていて少しほっとした。中に入ると暗闇に包まれた。目が慣れるのに少しかかったが、それでもかまわずレミントンの馬房へ急いだ。

空っぽだ。

そこで、レミントンが草を食べに出られるよう横の出口を開けておいたことを思い出した。希望と不安が交錯する中、ゆっくり走って横の出口へ行き、牧草地に目を凝らすと、レミントンがのんびり草を食んでいた。

レッドは吐息をついて、そこで初めて自分が息を殺していたことに気がついた。

次の瞬間、後頭部に何かが激突し、レミントンも、牧草地も、彼の世界のすべてが渦を巻いて暗闇に落ちていった。

32

「マット！　マット！」

レッドの目が瞬きをして開いた。頭が痛い。以前、マニラ郊外の石造りのアパートで手榴弾が爆発したときがこんな感覚だった。衛生兵の話では、あのときは軽い脳震盪だった。

今回はそれどころでない。

レミントンに頭を踏みつけられたような感じだ。

ハンナ・ゲージが美しい顔にしわを寄せて、心配そうに彼を見ていた。

「何を——？」と言おうとしたが、呂律が回らず、自分でも何を訊こうとしているのかわからなかった。

ハンナが彼の上腕をつかんだ。「死んでしまったかと思った。病院に行かなくちゃ」

「いや」今度ははっきり言えた。片肘をついて体を起こし、後頭部に手を触れた。目の前に戻した手は血にまみれていた。

「救急車を呼ぶ」彼女はポケットから携帯電話を抜き出したが、レッドは血まみれの手でそれをつかんだ。

「いい。大丈夫だ。中へ入らせてくれ」彼は立ち上がろうとした。足がふらつき、腰から下が脳から分離されたかのようだが、壁で体を支えてなんとか立ち上がることに成功した。

「傷を縫わないと」と彼女は主張した。「頭部CTを撮るのはもちろんだけど。救急車を呼ぶのがいやなら、せめて診療所(クリニック)まで送らせて」

ウェリントンの診療所でコンピュータ断層撮影(CAT)という提案に、レッドは噴き出しそうになった。氷嚢(ひょうのう)を渡され、歩いて帰れと言われるのが落ちだし、彼もそうするつもりでいた。

このあと彼は、ハンナに発見されるまで自分が倒れていた血まみれの泥土を見た。新たな痛みの波が狙撃手の銃弾のように頭を貫いた。

「運転はきみにまかせたほうがよさそうだ」

ハンナ・ゲージは牧場の外へ出たところでぐっとアクセルを踏みこんだ。古い側道を進む行程はかなり大変だったが、幹線道路に乗った時点から彼女の白いメルセデスGワゴンは超高速走行へ移行した。

レッドは後頭部にタオルを当てていたが、それでも座席のボーンホワイトのキルトナッパレザーまで血がにじみ出ていた。

「すまなかった」頭の痛みに目を閉じたまま、彼は言った。「あのとき見つけてよかった。そうじゃなかったら失血死していたかもしれない」

「ああ、ツイていた。それはそうと、あそこで何をしていたんだ？」

「レミに会っていこうと思って」と彼女は答えた。「あなたがちゃんと面倒を見てくれているか確かめに。約束のコーヒーをごちそうになるのもいいかなって」

レッドはうめいた。彼女がワイアット・ゲージの妹である点を除けば、この説明には充分説得力があった。

しかし、彼女がワイアットの陰謀に加担していたのなら、あのまま失血死させそうなものだ。

よくわからない。

「何があったの？」彼女は道路から目を離さずに尋ねた。

「誰かにぶん殴られた」

「誰に？」

「見ていない」

ハンナは疑わしげに彼を見た。「誰かに殺されかけたのよ、マット。心当たりがあるはずだわ」

ああ、心当たりならある、とレッドは思った。代わりに彼はこう言った。「覚醒剤の常用者だろうか。このあたりでそいつらが問題になっていると、保安官代理が言っていた」

そう言ったところで、その可能性を無視するには早すぎるかもしれないと思った。〝バッファロー戦士〟の野営地はそれほど遠くない。バンプ（コカイン）代を手に入れるために不法侵入して盗みをはたらいていくことは容易に想像できた。仕返しをしようと彼らが不信心者のバイカー仲間を連れてきた可能性もある。

こっちへ来てまだ三日目だというのに、もう数えきれないくらい敵ができた。

〈スティルウォーター郡医療センター〉は街区の半分ほどを占める、とりたてて特徴のない複合施設で、裁判所のすぐ北にあった。フルサービスの総合病院ではないが、基本的な医療サービスを提供し、馬蹄形をした実用本位の建物が小さな駐車場を囲んでいる。レッドが町を離れたあと東翼に増築された二階部分以外は平屋建てで、増築部分には長期ケア施設が設けられていた。事実上の緊急治療室である応急手当外来は馬蹄形の頂点に当たる箇所の内側にあった。そこは飛びこみ患者の重傷（重症）度を判定する役割も担っていて、軽度の外傷や病気にはここで治療をほどこし、もっと重篤（じゅうとく）な場合は空路か陸路でボーズマンへ搬送して状態の安定化を図る。しかるべき病院で治療を受けられるようボーズマンまで車で送るとハンナは申し出たが、レッドは断った。そのレベルの治療が必要とは思えないからと理由づけをしたが、本当は、これ以上牧場から離れたくなかったからだ。すでに狙われたわけだから、なおさらだ。

出血を見て、レッドは診察待ちの人たちが作る短い列の先頭へ回された。といっても、受付ロビーから小さな診察室へ移されただけのことだ。

ハンナは猛烈に抗議したが、付き添いを許されなかった。一般の立ち入りが禁じられている診察区域へレッドが担架で運ばれていくとき、彼女は彼の腕をつかんだ。

「ここで待ってるから、いい？」

レッドはなんとか笑みを浮かべた。「世話になった」

重傷度を判定する看護師が彼の評価をしていくうちに、この区画が切り離されているのは医療上のプライバシー保護とはほとんど関係ないことに、レッドは少しずつ気がつき始めた。

「何があったんですか？」傷口をそっと洗浄しながら若い男は尋ねた。後頭部の傷なので、看護師の作業中、レッドは低い診察台に座っていた。

「うちの馬が何かにびっくりして暴れだしたんだ」作り話としては説得力があると判

断し、レッドはそう言った。現地の警察を信用できるかわからなかったので、襲撃を受けたことは認めたくなかった。「馬から離れようと後ずさったとき岩につまずいた。倒れたとき頭を強打したにちがいない」

「本当ですか?」と看護師は返した。「そのとき、向こうにいる恋人はいっしょでしたか?」

レッドは笑みを抑えこんだ。「恋人じゃない。ただの知り合いだ。でも、そのときは自分一人だった」

看護師はうなずいた。「あなたに付き添うと言って譲らなかったようですよ。かなりの癇癪(かんしゃく)持ちと見ました」

この男が何を言おうとしているのか、ここでようやくレッドは気がついた。「ああ、それはちがう。彼女がやったんじゃない」ハンナが板きれか何かを自分の頭に叩きつけるところを想像して、レッドは笑いかけたが、襲撃犯の可能性がいちばん高そうな人物と彼女は二親等しか離れていないことを思い出した。

「わかりました。こういう質問をする必要があるんです。家庭内暴力は一方的とは限らない。相談が必要なら、ここは安全な場所です」

「覚えておく」

看護師は傷口にガーゼ包帯をそっと当て、その上に即席の冷湿布を貼った。処置が終わると、タブレット端末を持った年かさの女性が入ってきて、レッドに質問を始めた。

「名前は？」

「レッド、マシュー」

彼の答えた順番が面白くないと言わんばかりに、女性は眼鏡の奥で片方の眉を吊り上げた。「住所は？」

牧場の住所を言った。彼女はどこかわかったという反応を見せることなく、その情報を入力した。「ちなみに、緊急連絡先は？」

レッドは困惑した。いつもＪＢを挙げていたからだ。ほかにはいない。「ありません」

彼女はまた眉を吊り上げた。「あなたを運んできた女性は？」

首を横に振ったとたん頭に鋭い痛みが走り、たちまち後悔した。誰の名前でも問題ないだろう。すぐこっちを出ていくつもりだし。それでも……。彼は実父の名を伝えた。こんなときだけはあいつも重宝する。

女性は主治医がいるか尋ね――いなかった――健康保険について質問した。トライケアの保険が今月末まで有効なのか、非名誉除隊を受け入れたとき軍の諸手当といっしょに打ち切られたのかわからなかった。

「入っていない」と彼は言った。

彼女は黙ってそれを受け入れ、病歴に話を移した。軽傷を負ったことは何度もあったが、病気になったことはないし、持病も既知のアレルギーもない。女性は最後にもういちどiPadに情報を入力し、彼を置いて出ていった。

レッドは目をつむり、膝に肘をついて前かがみになり、頭を両手で抱え、痛みを抑えられるよう浅い呼吸に努めた。心臓の鼓動に合わせて後頭部の傷がズキズキした。かゆみも感じてきた。ドアが開いて小さな足音が近づいてきたときも、彼は目を開かなかった。

女性の声、耳にしみついた懐かしい声が静寂を破った。「マッティ・レッド。あなたがこっちへ戻ってくるなんて夢にも思わなかった」

レッドはパッと目を開いた。

目の前にエミリー・ローレンスが立っていた。

33

レッドはエミリーの視線を受け止めた。瞬きをせず見開かれたままの目は温かみに欠ける、医療従事者のそれだった。それどころか、怒りの小さな火花がちらついているように見えた。低レベルの電気ショックに似たビリビリ感が全身を駆けめぐった。命に関わるほどではなく、体を萎えさせる程度だったが。レッドは言葉を発することも、微笑むことも、体を起こすこともできなかった。

彼女は変わっていたが、それでもその多くは記憶にあるとおりだった。以前と同じ青みがかったハシバミ色の目、赤みがかった栗色の豊かな髪、上向きのキュートな鼻。身長一六八センチで、日々猛練習にいそしむアスリートのような引き締まった体形をしているが、彼には忘れがたい柔らかさがあった。

元々その美しさは折り紙付きだったが、なぜか記憶にあるよりいっそう美しい気がした。

高校時代に会えなくなったことを謝りたかったが、そうしなければならなかったのはＪＢのため、牧場を守るためだった。あの当時は、女の子と付き合っているのは身勝手すぎる気がした。

この数年、連絡できずにすまなく思っているとも伝えたかった。海兵隊のことを話したかった。どんなことがあったかを。いろんなことを謝りたかった。

なぜ謝りたいかはよくわからない。

何をすまなく思わなければいけないのか？　彼女はレッドが信頼していた数少ない一人だった。彼女を愛した。もういちど誰かを愛せるか自信がなかったころに。別れたいと思ったことは一度もない。それだけは確かだ。

彼女はおれの様子を見に、牧場へ来たことがあったのか？　それとも、おれが身を粉にして働いているあいだ、オールＡを取るのに忙しくてそれどころでなかったのか？

おれが国のために尽くしているあいだ、彼女からは電話も手紙も来なかった。テキサス州でも電話やメールは使えたはずなのに。

そう。彼女にも説明すべきことはたくさんある。

半ナノ秒ほどのあいだにくすぶった思いへ移行していた。

しかし、本当に美しい。

ただ見つめることしかできなかった。

にらめっこから先に下りたのはエミリーのほうだった。彼女はiPadにちらりと目を落とした。ここでようやくレッドは、彼女がラベンダー色の手術着の上に白衣を羽織っていることに気がついた。「頭を強打したのね。診てみましょう」

彼女は部屋の奥にある小さな流し台のカウンターにタブレットを置き、彼が結婚指輪の有無を確認しようと考える間もなくニトリル手袋をはめて、彼に近づき、冷湿布とガーゼ包帯をそっとはがした。

彼女の体を間近にして、また衝撃が走った。日射しが降りそそぐ湿りを帯びた草原の記憶が無数に甦ってきた。手を伸ばして抱きしめて引き寄せたい衝動に全力であらがわなければならなかった。抗菌石鹸とヨードのようなにおいがしたが、これ以上かぐわしい香りは経験がない。

彼女の指が彼の髪を分け、傷ついた部分をそっと探っているのが感じられた。手袋をはめた指が裂傷の縁を探ったとき、頭皮にかすかな痛みが走った。

「正直、そんなにひどくない。出血もかなり治まってきている。傷は長いけど深くない。何針か縫う必要があるけど、その前に少し髪を切らなくちゃ。いい？」

「ああ」

「相変わらず言葉を無駄遣いしないのね」

彼女の顔を見られなかった。冗談なのか責めているのかわからない。ズキズキ痛む頭が言語分析の能力をショートさせていた。

彼女は一歩下がって、ふたたび彼と向き合った。「頭痛は？」

「ない」と嘘をついた。しかし、彼女の厳しい目はごまかせなかった。「少しあるかもしれない。ひどくはなくても」

彼女はペンライトを取り出して彼の目を調べた。彼女の息はミントティーのような香りがした。「目のかすみは？」

「ない」

「血管は拡張していない。いいことよ。いまは何月？」

少し考えなければならなかった。「五月。最後に確認したときには、だが」

「大統領は誰？」

「本気か？」

「認知機能を確かめているだけよ。CTスキャンを指示することもできるけど。何があったの？　転んだの？」

彼女に嘘はつけない。「誰かに殴られた。相手は見ていない」

彼女はゆっくりうなずいた。「ゆうべ〈スペイディーズ〉であった出来事と関係が？」

「耳に入っているのか？」

「小さな町では、噂はあっという間に広まるから」

レッドはため息をついた。「その可能性もある」

「傷から判断して、表面が平らなもので殴られたのね。ツーバイフォーの木材か、シャベルか。鋭利なものじゃなくてよかった」

「ああ。ツイていた」

彼女は手袋をはずして汚物容器に入れ、手を洗って拭いた。左手の薬指に何もはまっていないことに、レッドはいやでも気がついた。

「よしと。すぐ戻ってくるから、そしたら傷の縫合に取りかかりましょう」彼女はくるりと体の向きを変えて、ドアへ向かった。

「エム、おれは……」

ドアが閉まる前に言えたのはそれだけだった。

数分後、彼女は小さな医療カートを押して戻ってきた。密封されたプラスチックの縫合キットとキャップ付きの注射器が載っている。レッドは言葉を交わそうとしなかった。そのシグナルをはっきり受け取ったからだ。

傷口一帯の感覚を麻酔で麻痺させ、そこに取り組めるだけ髪を剃ったあと、エミリーはFS‐2の曲がった針を衛生包装から取り出し、それを挟んだ持針器を片手で持ち、もう片方の手に組織鉗子（かんし）を持った。

ようやく口を開いたとき、彼女は抑揚のない事務的な口調で言った。「破傷風の予防接種を最後に受けたのは？」

「ええっと。たしか二年前……派兵されたときだ。どこへかは言わなくていいな」

「恐ろしい光景を見てきたんでしょうね」

彼女の口調がほんの少し和らいだ気がした。「破傷風の予防注射より恐ろしい、という意味か？」

「そうよ」

「インフルエンザの注射も怖かった」と彼は言い、笑いを待った。笑いは返ってこなかった。

エミリーが鉄のように強固な意志の持ち主であることを忘れていた。

「痛い？」と、彼女は訊いた。

「何も感じない」と嘘をついた。鉗子で頭皮を剝がされている心地がした。

「いい答えよ」

皮膚に刺した縫合針が引かれるのを感じた。

「まだ大丈夫？」と彼女は訊いた。

「問題ない（ノ・アイ・プロブレマ）。いまのはスペイン語だ」

「本当に（デ・ベルダ）？　スペイン語を話せるとは知らなかった（ノ・サビア・ケ・ポディアス・アブラ・エスパニョル）。たぶん（タル・ベス）――」

「一本取られた、先生（ドクター）」

「わたしはNP。ナース・プラクティショナー、救急看護認定看護師よ」彼女は耳元でささやくように言った。息がかかり、腕に鳥肌が立った。気づかれずにすみましたようにと願った。

「そしておれは愚か者」と、彼はつぶやいた。

「認定済みの」

　傷口のすぐ向こうに、静かに笑った彼女の息をひと吹き感じた。レッドは笑みを浮かべた。「スペイン語はどこで習ったんだ？」

　エミリーはもう一針縫った。「大学（カレッジ）で。夏に中米で〈サマリタンズ・パース〉（福音派キリスト教徒が運営する緊急援助支援団体）のボランティアをするとき、役に立つから。あなたは？」

「レイダースの訓練の一環で」

「フットボール・チームのことじゃなさそうね」

「ちがう」

「訊かれなかったし、代案も提示しなかったけど、非吸収性の4‐0号ナイロン縫合糸を使っています。あなたは傷が完治するまで家でおとなしくしていたり、『ギリガン君SOS』の再放送を見ていたりするタイプじゃないとわかってる。そうしてくれてたら、縫ったところが開くことはないんだけど。とにかく、その頭でヘディングシュートをするみたいな、ばかなまねはしないでね」

彼女は二人の間の大きな溝を埋めようとしているのか、それとも、それは自分の勝手な希望的観測なのか？　前者だと信じたかった。「ナース・プラクティショナーだったか？　たいしたものだ」

「クラスでトップだった」

「驚きはしない。何をやらせても二番手だったことはなかったものな」レッドはまだ彼女の顔を見られなかったが、彼女が笑顔でいることを願った。一瞬、彼女の手が止まった。後頭部をさする彼女の手が少し優しくなった気がした。長い年月を経ても、二人の間にはまだ何かあるのだろうか？

ふたたび頭皮に刺さった針で彼の考えは中断された。

「静かに」と彼女は言い、また手を動かした。「わたしは仕事中よ」

34

早くレッドの情報が入らないかと、ハンナは待合室を行きつ戻りつしていた。担架で運ばれてから三十分以上経つのに、誰も何ひとつ教えてくれない。

彼女は受付へ引き返した。「すみませんが、レッドさんの容態を教えてもらえませんか？　大丈夫なんでしょうか？」

受付の女性は答えにならない答えをよこした。「治療中です。問題ないと思いますよ」

ハンナは両手を平らにしてカウンターに置いた。この女を罵倒してやりたかった。うちの家族はこの薄汚れた小さな診療所に何百万ドルも寄付してきたのよ。あなたの仕事があるのはわたしたちのおかげなのよ、と。

それは事実だ。彼女の父親が、その後はワイアットが、モンタナ州の土地を購入し始める際、手始めに行ったことのひとつに現地施設への投資があった。個別の事業に弾みがついてくれば、従業員の数が増えてくる。父親の農業研究施設にも、ワイアットの小さな牧場リゾートにも。そうなれば、現地企業の繁栄や設備の充実した学校やしかるべき医療サービスが必要になってくる。ゲージの投じた資金で医療センターは大規模な改築を行い、最先端の診断装置を購入できた。その点に多少なりとも敬意を示されていいはずなのに、この鈍感な受付嬢は世の中の仕組みがまるでわかっていないらしい。

レッドの容態がなぜこんなに気になるのか、ハンナにはよくわからなかった。自分から見たら取るに足りない人間だ。行く先々で男を選ぶことができた。世界で最も裕福で好ましい男たちまで骨抜きにしてしまう超能力の持ち主であるかのように。

マシュー・レッドに強く魅かれたのは、だからかもしれない。

映画スターのような美貌の持ち主ではないが、男らしさがにじみ出ている。あらがいがたい、稀有な動物的魅力があった。

なのに、彼はわたしに恋していない。少なくとも、はっきり目に見える形では。わたしを誘惑したいというはかない欲望を抱いて猪突猛進してくる発情した豚のように品位を汚していない。わたしに求愛してこなかったからこそ、いっそう彼が欲しくなる。

襲われて傷つき弱っているいまの状況がいっそう彼女を引きつけた。彼を抱きしめて、世話を焼き、そう、ありとあらゆる方法で支配したいという欲望にハンナは身を焦がしていた。

彼女はアメックスの黒いクレジットカードを取り出して受付嬢に渡した。「これでレッドさんの支払いを」

女性は動かなかった。「お会計はお帰りのときにお願いしています」

「いいから」とハンナはきつい口調で言った。

「承知しました」女性はカードを受け取ったが、処理をする前に机の電話が鳴った。

「失礼」と彼女は言い、ハンナから目をそらした。

チャンスだ。ハンナは一瞬で受付をすり抜け、受付嬢が抗議の声をあげる間もなく診察室へ行くためのドアを通り抜けた。

ドアの先に小さなナースステーションがあり、その先に短い廊下があって、左右にいくつかドアが見えた。閉まっているドアもあれば、開いているドアもある。壁にホワイトボードが掛かっていて、部屋番号別に診察中の患者の名が記されていた。ハンナはひと目見ただけで三番にレッドの名を見つけた。くるりと体を回して廊下に足を踏み入れ、ドアの横に掲げられているプラスチックのプレートを見ていくと、最後にレッドの部屋が見つかり、彼女はノックもせずにそのドアを開けた。

レッドは部屋の真ん中に置かれた低い診察台に腰かけて、こんな状況にもかかわらず不思議な笑みを浮かべていた。部屋にいるもう一人の女性にハンナは瞬時に目を留めた。看護師だろうが、ハッとするくらい魅力的だ。レッドの向こうに置かれた小さなスツールに腰かけ、耳元でささやけるくらい彼に頭を近づけている。

つまり、キスができるくらい。

怒りで顔が紅潮したが、ハンナはなんとか笑顔をつくった。「マット！　ここにいたのね。すごく心配したのよ。大丈夫なの？」彼女は看護師に目を戻した。「すぐ連れて帰れますか？」

看護師はむっとした表情で彼女をにらんだ。「ここに入ってきてはいけません」

ハンナは無邪気そうな表情で言った。「受付の女性がいいと――」

「そんなはずありません。出ていって。いますぐ」毅然とした口調で、威圧的と言っても過言でない。

ハンナはこういう口のきき方に慣れていなかった。彼女はかろうじておだやかな表情を保った。「じゃまはしないから」彼女は視線を落としてレッドと目を合わせた。「マット、ここにいてもいいわよね？」

看護師が体をまっすぐ起こし、両手に血のついた医療器具が握られていた。「患者が決めることではありません。ここはわたしの診察室です。出ていって」

ハンナの顔から笑みが消えた。「いいこと――」

「ハンナ！」彼女の中にこみ上げてきた怒りをレッドの声が打ち破った。「大丈夫だ、ハンナ。大丈夫。もうすぐ終わる」

ハンナはどうにか口元に笑みを取り戻した。そして淡青色(アイスブルー)の目でもう一人の女性を見つめた。「気を悪くさせたなら、ごめんなさい。マットのことが心配で。彼を見つけてここへ連れてきたのはわたしなの。考えたくないけど、わたしが来るのがあと一時間遅かったらどうなっていたか」

看護師はハンナと同じような乾いた笑みを返した。「その点、きっとマッティは感謝していると思います。あなたが早く出ていってくれるほど、早くお返しできると思いますよ」

この女性の口調は多くを語っていたし、彼のことをマッティと呼んだ意味もハンナにはわかった。この人も彼が欲しいんだわ、とハンナは思った。でも、彼はわたしのもの。

「そういうことなら」とハンナは言い、かすかな笑みを気どった薄笑いに変えた。「仕事のじゃまはしないでおきましょう」

あの女性がノックもせずに入ってきた瞬間からエミリーはそうではないかと思っていたが、レッドが名前を呼んだときにその疑念は確かめられた。

ハンナ・ゲージだ。

この診療所が資金集めに開く夕食会や雑誌のページで見たことがあったが、そういう場では華美に着飾っていたのに、今日の彼女は牧場からそのまま出てきたような服装だった。

それでも、息をのむほど美しかった。

ハンナ・ゲージ。あの億万長者の娘。

よかったわね、マッティ。

エミリーは閉まっていくドアを見つめた――目でドアに穴を穿って、離れていく女性をまっすぐ見通せるかのように。掛け金のカチッという音が聞こえたところで彼女は考えを振り払い、仕事に戻った。

レッドの頭皮は異様に硬く、針を刺し通すにはかなりの力が必要だった。

「いて」と、レッドが顔をしかめた。「きみが使っているそのレンチは、もっとしっかり研いだほうがいい」

エミリーは深呼吸をして心を落ち着かせた。「ごめんなさい。もうすぐだから」彼女はもうひと縫いした。本意ではなかったが、彼女は「おめでとう」と言った。

「何だって?」

「あなたとハンナのことよ。あなたを幸せにしてくれる人が見つかってよかった」彼女は縫った糸を手際よく結んで次へ進んだ。「あとひと縫いすればおしまいよ」

「付き合ってるわけじゃない」とレッドは言った。

「まただ」

「土地が隣どうしなんだ。彼女はただの……」そこで彼は言いよどみ、ふたたび口を開いたとき声にはいらだちがこもっていた。「いや、いい。きみに説明する義務はないし」

「そうね」と、エミリーは同意した。

「聞いているかどうか知らないが、先週、ＪＢが亡くなった」

この言葉に彼女は平手打ちを食ったような衝撃を覚え、手の震えが止まるまで針と鉗子をトレイに戻した。「知ってるわ」

「知っていたのか？　おれがこっちへ来たのは、彼から電話があって、困ったことになっている、おれの助けが必要だと言われたからなんだ。ＪＢがどんな人間か知っているだろう。これまで誰にも助けを求めたことなどなかった。だが、駆けつけたときには遅かった。もう亡くなっていた。だから、きみは勘違いしているかもしれないが、おれは恋人を探しにきたわけじゃない」

エミリーは怒りの言葉を返したかったが、それをかみ殺した。

「ハンナはレミントンの世話をしてくれていた。それで知り合った。それだけだ。二人の間には何もない」

彼女は自分がよく見えるよう彼の背後から前へ回りこみ、〝別にいい〟とばかりに両手を持ち上げる仕草をした。「あなたも言ったように、わたしに説明する義務はないわ」

「エム、いまだけ話を聞いてくれないか？」

「本気？　わたしに話を聞いてほしいの？」

「ＪＢは誰かに殺されたものと、おれは思っている」彼はドアをこっそり見てから小声で言った。「手を下したのは彼女の兄かもしれない。彼女が関与しているかどうかはわからない」

エミリーはいぶかしげに彼を見つめ、首を横に振った。「本当に知らないの？」

「何を？」

彼女は口を開いたが、思いがけず言葉に詰まった。ひとつ深呼吸し、それから再度試みた。「彼は末期だったの、マッティ」

「何だって？」

「膵臓がんの。ステージⅢだった。がんが転移してリンパ節に広がっていた」

レッドは肩を落とした。エミリーには迷子になった子どものように見えた。「おれは聞かされていなかった」

「困ったことになったと彼があなたに言ったときは、それを伝えようとしていたんじやないかしら」

レッドは呆然とただ彼女を見つめた。

「あなたが海兵隊を辞めて家に戻り、彼の世話をしようと考えるかもしれないと心配して、そこまで我慢したんだと思う」

「聞かされていたらそうしただろう」

彼女は探るように彼の顔を見た。「でしょうね」

「時間はどれくらい残っていたんだ？」

「わたしは彼の主治医じゃなかったけど、担当のがん専門医から話を聞いたわ。フルコースの治療を受ければ、五年生存率が五〇パーセントあった。この診療所には化学療法室があるから、地元の人たちもわざわざボーズマンやヘレナへ治療を受けにいく必要はない。ＪＢのことは知っているでしょう。彼は闘う人だった。息切れを起こしてＥＲに来たことが何度かあった。そのときよ、彼と再会したのは。彼は岩のような人だった。それが化学療法ですり減っていくところは見たくなかった。気の毒に、ほとんどの時間、杖をつく必要があったのよ」

レッドはじっと宙を見つめているようだったが、やがてその目が彼女のほうへ戻ってきた。「その状態で馬に乗れただろうか？」

「冗談でしょう。つまり、誤解しないでね。頑固な人だったから、何をしても不思議じゃなかったけど、椅子から立ち上がるのもやっとの日もあったのよ。ピックアップトラックに乗りこむときの彼は、アカマツの木に登るナマケモノのようだった。命がかかっていたとしても、馬の鞍には上がれなかったと思う」

「馬上から振り落とされて、馬のそばで死んでいるＪＢを発見したと、シェーン・ヘップワースは言った」

エミリーは彼を見て目をぱちくりさせた。「そんな話は聞いてない。彼が亡くなったと聞いたとき、わたしはてっきり……」

「ここに運ばれたんじゃなかったのか？」

「いいえ。ここには死体を安置する施設がないから。ＤＯＡ（来院時死亡者）はまっすぐ〈ピット＝ベイトマン葬儀場〉へ運ばれるの」自分の口から〝ＤＯＡ〟という言葉が出たのに気づき、すぐ彼女は沈痛な面持ちになった。

レッドは唇を引き結び、そのあと力を抜いたように感じられた。「そろそろ終わりそうか？」

彼の態度の変化に気づき、エミリーは驚きと同時に不安に打たれた。この決然とした表情は前にも見たことがある。彼が高校を中退して彼女の人生から消える直前に。いいじゃない。わたしが戻ってきてって頼んだわけじゃないし。エミリーは仕事に戻って最後の縫合糸を通した。「はい、おしまい。ジャニスに退院指示書を印刷してもらうわ。基本的に必要なのは、傷口を清潔に保って乾燥させておくこと。感染症にかかるといけないから。局所抗菌薬の処方箋も出しておきましょう。さっきも言ったように、安静にしろと言ってもあなたには無理でしょうけど、まじめな話……二、三日は安静にしていて。痛み止めにはタイレノールを。アルコールは避けて。この町にはいつまで？」

「必要な時間」

それがどういう意味か、エミリーにはわからなかったし、聞くのが怖かった。彼を見下ろし、広い胸と力強い腕を見つめた。この腕に抱きしめられる感覚をいまも覚えている。瞬きをして、その記憶を振り払った。「そのシャツ、汚れちゃったわね。おうちへ着て帰れるものをジャニスに探してもらいましょう」

彼女はドアに向かいかけたが、彼の声が彼女を止めた。「エム？」

「何？」彼女は振り向かずに言った。

「JBの追悼式に来てくれないか？」

そこで彼女は振り向いた。「いつあるの？」

「今度の火曜日。五時からだ。きみのお父さんが説教をしてくれる」

「冗談でしょう」

「今朝、彼と話をした。実は、彼からの提案だ。きみに話が行っていないとは驚きだ」

「わたしは驚かない」と、彼女はつぶやくように言った。もういちど彼を見上げ、また目を伏せた。二人の間には多くの歴史があり、それはいいことばかりでなかった。

彼女はうなずいた。「万難を排してうかがうわ」

35

診療所から牧場へ向かう路上でハンナが制限速度を守っていたのは、急いでいなかったからではない。レッドと話す時間が増えるからだ。

ただ、彼の口数は多くなかった。ほとんどの時間は助手席の窓から外を見つめていた。

何を考えにふけっているのかは明らかだ。

「彼女、あなたをマッティと呼んだ」ハンナはそう言って沈黙を破った。

レッドは彼女に顔を向けた。「え？」

ハンナには察しがついた。

レッドは彼の筋骨隆々とした体に比して二回りほど小さなXLサイズの赤いTシャツを着て、彼女の隣に座っていた。胸には〝モンタナ〟の文字とバッファローの輪郭がプリントされている。ボーズマンにあるアウトドア用衣料品店〈モンタナ・シーン〉から診療所に寄贈されたものだ。

「あなたを治療していた看護師の人よ。彼女はあなたのことをマッティと呼んだ。そう呼ばれるのは嫌いなんじゃなかった？」

「彼女はナース・プラクティショナーだ」

彼の声には誇らしげな響きがあった。

「知り合いなのね？　あの看護師……ナース・プラクティショナーと？」

レッドは彼女と目を合わせなかった。「ああ。高校がいっしょで」

ハンナは横目で彼を見た。「それだけ？」

「それだけだ。おれたちは……」彼はいっときためらった。「付き合っていた。でも、まだ子どもだった。終わったことだ」

「それは確か？」ハンナは笑顔で訊いた。「わたしが部屋に入ってきたときの彼女の目を見た？」

「彼女はおれの後ろにいた」

「声でわかったでしょう」

「きみがそう言うなら」

「絶対よ、彼女はまだあなたを忘れていない」

「何年も会っていなかったし、連絡も取っていなかった」

あの女性の紛れもない魅力を彼が懸命に打ち消そうとしている点は好ましかった。

ただし、まだ彼は態度を保留している。

　そこは追及しないことにして、ハンナは話題を変えた。「兄から聞いたけど、ゆうべ〈スペイディーズ〉で、話がちょっと熱くなったそうね。それは本当？」

　この言葉は、レッドの恋愛模様について彼女が言った何より大きな反応を引き起こした。レッドは彼女の魂をまっすぐ見通すような鋭い眼差しを向けた。「彼は何て言っていた？」

「あなたは頑固者だって。最初からわかりきっていたことよ。ジム・ボブの息子だもの」

「きみの兄さんはJBの牧場を……おれの牧場を手に入れたがっている」レッドの声には巣穴を守るハイイログマのような身構えた感じがあった。

「ワイアットは何かを手に入れたくなると、意固地になりがちで。うまく境界線を引けないし、特に、自分にノーと言う人を受け入れられないの。彼をかばって言っているんじゃないのよ。あなたがひどい目に遭ったこと、本当に申し訳なく思っているわ」

　レッドは顔をそむけて、また窓の外を見た。「人はどこかに境界線を引く必要がある。おれの境界線はJBの土地の周りだ。きみからもそう伝えたらどうだ」

「それがいいかもしれない」とハンナは言ったが、これは本心だった。ワイアットの無謀な行為はマシュー・レッドを意のままにする絶好の機会を与えてくれた。

一、二キロ走ったところで、道路わきを歩いている三人——女性二人と男性一人——のそばを通りかかった。三人とも〝バッファロー戦士〟とわかる絞り染めの服を着ていた。メルセデスが近づくと彼らは振り向いたが、親指を立ててヒッチハイクをしようとはせず、通り過ぎるGレックス（メルセデスAMGのG63の愛称）に満面の笑みとピースサインを向けた。

「あいつら、ここで何をしているんだ?」とレッドは言った。

ハンナにはいまのが独り言か質問かの判断がつかなかった。「彼らは〝バッファロー戦士〟。絶滅の危機に瀕している野生動物の保護に努めている団体よ」

「汚いヒッピーみたいななりをしている」

彼女は眉をひそめた。「それは一方的な判断かもしれない。とてもいい子たちよ。すべてボランティアだし。環境に配慮したキャンプを牧場に設営できるよう、わたしがワイアットに掛け合って、少額だけどわたしの組織から給料も支給している。大半は食費と診療所の医療費に消えていくんだけど。彼らはその見返りに、うちの土地をうろつくバイソンの群れがどう移動しているか、データを集めてくれているの」

「〈ゲージ野生生物保護〉。だったな?」

ハンナはにっこりした。「覚えていてくれてありがとう」

「あの〝いい子たち〟は悪事をはたらいている」とレッドは続けた。「バイソンの群れを利用して寄付金をせしめ、そのカネでクリスタル・メスを買っている」

ハンナの耳にもその手の噂は前から入っていたが、彼女はお決まりの返答をした。

「どんな集団にも腐ったリンゴは交じっているものよ」

レッドは前に身を乗り出して、助手席側のサイドミラーに映った〝バッファロー戦士〟をまたちらっと見た。「海兵隊に体験入隊すれば、いい薬になるだろう」

「あなたのようにタフな人間ばかりじゃないわ」

「それでも、背中をしゃんと伸ばし、石鹼を使って風呂に入る習慣は身につく」彼は座席の背にもたれた。

「彼らはロマンチストなんだと思う」

「きみがそう思えばけっこう。給料を払うのはきみなんだから」

ハンナはいまのコメントを聞き流した。この人はわたしの意見に逆らわない多くの男性とはちがう。その事実が好ましかった。たとえ彼の視座が百年古かったとしても。

そのとき、車のセンターコンソール経由で彼女の携帯電話が鳴った。ダッシュボードの発信者IDに姓ではなくシェーンという名前のほうが表示された。彼女はレッドが気づいていないことを祈りながら、指で画面を押して電話を受けた。

「もしもし、ヘップワース保安官代理ですか」と彼女は応答した。「スピーカーフォンでマシュー・レッドといっしょに聞いています」

少し間があり、ヘップワースの声がメルセデスの車内に響いた。「マット？　大丈夫か？」

「生きている。後始末が大変だが」

「ミス・ケージから、きみが襲われたと通報を受けた。犯人の心当たりは？」

「ない」

ハンナはちらりとレッドを見た。保安官代理に完全な真実を語っているようには思えなかった。

「戻ってくるのにどれくらいかかる？」と、ヘップワースは尋ねた。

「十五分くらいかしら」とハンナが答えた。

「会って事情を聞きたい」と彼は言い、電話を切った。

「本当の目的は何だろうな」とレッドは言い、彼女をじっと見た。

もちろんハンナは言外の意味に気がついたが、気づいていないふりをした。「自分の仕事をしているだけじゃないかしら。あなたが誰に襲われたのか、突き止めようとしているのよ」

「高校時代のシェーンを覚えている。割り算の筆算より犯罪を解決するほうが得意だったらいいんだが」

ハンナは笑みを隠した。これって焼きもち？「まじめな質問をしてもいい？　あなたの財政状況について？」

「断ると言ってもするんだろう？」

「ごめんなさい、詮索する気はないの。自分は特権階級の生まれで、そのことはわかっているけど、お金があったらどんなことが可能かも知っているわ。お金がどんなチャンスを与えてくれ、どんな扉を開けてくれるかも」

「兄さんの申し出のことか？」レッドは抑揚のない声で返したが、口調にわずかながら怒りがにじんでいた。

「押し売りする気はないの。正直、ワイアットには頭にくることもあるし。それでも、うちの不動産計画の責任者だし、本気であなたの土地を欲しがっている。売ったほうがいいと言っているんじゃないの……。でも、彼は市場価格の三倍を払う気よ」

「彼が提示したのは二倍だった」

「三倍でどうかって返して、どう言うか確かめてみて。それだけのお金があったら何ができるか考えて。あなたが欲しいのが土地なら、ここにはたくさんある」

レッドは眉をひそめた。「兄さんに入れ知恵されたのか？」

「まさか。あなたにこんな話をしているとわかったら殺されちゃう。彼は自分を不動産業のジェフ・ベゾスだと思っているの。わたしがいま言っていることを、自分の能力を疑う個人攻撃と解釈するでしょうね。あなたの土地を買う力がないんじゃないかって。いまこの話を持ち出したのは、ゆうべの諍いを知ったからだし、わたしは頑固な男性についても少々知ってるつもりよ」彼女は手を伸ばしてレッドの前腕をつかんだ。「大きなチャンスを逃してほしくないだけ。あなたにはいいことが起こってほしいの、マット。お金は扉を開いてくれる。これはあなたの正当なお金よ。ほどこしじゃなく」

レッドは小さく鼻を鳴らして笑った。「考えてみなくちゃな」

「値段を付けて。上限はなしだから」

「付ける値段があるかどうか」

「誰でも値段は付けられる」

「値段を付けるのは売春婦と政治家だけだ」

「何ですって?」

「JBの口癖だった。自分を売る値段を知っているのは娼婦と政治家だけってことだ」

彼女は眉をひそめた。「それとこれとは話がちがう」

「かもしれない」レッドは腕組みをして目を閉じ、座席の背もたれに体をあずけた。

「いまも言ったが、考えてみる」

ハンナはアクセルをゆるめ、メルセデスの中でいっしょに過ごす時間を増やした。

感情を抑えられず、ずっと彼を盗み見していた。この人は自然の力。人に乗られるのを拒む頑固な種馬。

馴(な)らすのが楽しみ。

36

ハンナはヘップワース保安官代理のＳＵＶの隣に自分のメルセデスを止めた。保安官代理本人がレッドの家から出てきて二人のほうへ歩いてきた。レッドの目には、二人に手を振るヘップワースが少し後ろめたそうに見えた。

許可なく家に入ったからだと思ったが、そこで保安官代理の目がレッドとハンナの間を飛び交っているのに気がつき、それだけではないと理解した。ヘップワースからハンナに電話がかかってきたとき、発信者番号にシェーンと表示されていたことを彼は思い出した。

どの程度の知り合いなのだろう、とレッドはいぶかった。

「ドアが開いていたから、中をのぞいてみた」とヘップワースは言った。「見てわかるかぎりでは、かなり荒らされているようだ」

レッドにもういちど見る必要はなかった。

「たぶん覚醒剤（ツイーカー）の常用者たちだろう」とヘップワースは続けた。「郡内にはびこっている」彼は嫌悪の表情で舌打ちした。「やつらのおかげでスティルウォーター郡は疲弊している。盗まれた品を持っているところを捕まえないかぎり、どうにもならない」

「今回は窃盗だけじゃない」ハンナが言った。「マットが死んでいたかもしれないのよ」

ヘップワースはうなずいた。「おそらく、納屋を荒らし回っているところにきみが現れて、きみをやっつけるしか逃げ出す方法はないと思ったんだ」

レッドの記憶が稲妻のようにひらめいた。彼はくるりと体の向きを変え、納屋のほうへ駆けだした。ハンナと保安官代理も直後に続く。この努力でレッドの頭はズキズキしてきたが、自分が倒れた血まみれの場所に着くまで痛みは無視した。

「どうしたの、マット？」とハンナが尋ねた。

「ルガーだ。JBのマグナムだ。襲われたとき、おれはあれを携行していた。それがない。犯人が持っていったんだ」

ヘップワースは両手を腰に当てた。「うーん、そいつはまずいな。その銃で体に風穴を開けられなかったのは幸いだった。しかしやつら、ああいうものだけに大収穫と思っただろう」保安官代理は少し間を置いた。「なくなっているものの一覧表（リスト）が必要だ。質屋で何か出てきたとき照合に役立つし、損害保険の請求にも使える」

「JBが保険に入っていたかどうかわからない。調べてみるが」

「うん、ほかに何かできることがあったら教えてくれ」

レッドは物憂げにうなずいた。

「おうちを元の状態に戻すのに、手伝えることはないかしら?」とハンナが尋ねた。

ヘップワースの目に一瞬、怒りが浮かんだことにレッドは気がついた。ハンナとおれがここにいることを快く思っていないのだ。

「ありがとう、しかし自分で何とかする」

ヘップワースが腕時計を確かめた。「じゃあ、もう行かないと。できるだけ早くそのリストを持ってきてくれ」彼はハンナに向き直った。「きみも帰るか? 先導していくよ」

ハンナは彼に笑顔を向けたが、温かな笑みではなかった。「レミントンに挨拶してから帰る」

「わかった」ヘップワースはレッドに顔を向けた。「またな、マット」

ヘップワースが帰っていくと、レッドはハンナに向き直った。「彼と付き合っているのか?」

彼女は顔を近づけた。「わたしの目にそれをほのめかすものがある?」

「いや。しかし、おれが見ていたのは彼の目だ。高校時代は文字どおりの女たらしだった。クォーターバックで先発出場していて」

「高校時代なんて、遠い昔のことでしょう」ハンナは彼の視線を受け止めた。その目にはいたずらっぽい表情と挑戦的な表情が同居していた。「彼にとっても、あなたにとっても。わたしたちはもうみんな大人よ」

レッドはエミリーとの関係へのほのめかしを見逃さなかった。

「手伝う必要がないなら、レミの様子を見てから帰る」

ハンナは納屋の横のドアから牧草地へ出ていった。レッドは後ろめたさを感じながらも離れていく彼女の眺めを楽しんだ。

レッドは家を元の状態へ戻しながら、エミリーと交わした会話についてあれこれ考えていた。がんで死にかけていたのに、ＪＢはぎりぎりまでおれに黙っていたのかと思ったが、ＪＢらしいとも思った。

養父の声が聞こえてくるようだった。〝教えていたらおまえはどうした？　どうしていた？　誰にも教えていないがんの特効薬でもあったのか？〟

それでも、別れを告げる機会すらくれなかったＪＢに憤りを覚えていた。

しかし、彼を殺したのはがんではない。

ボサボサ頭が言ったことを思い出した。〝余計な詮索をしていやがった〟

そしてエミリーは〝命がかかっていたとしても、馬の鞍には上がれなかったと思う〟と言っていた。

だが、シェーン・ヘップワースはレミントンの横の地面に倒れているＪＢを発見した。これはどういうことだ？

ヘップワースが一枚かんでいたのか？

〝もっとも、おれはいま、ワイアットと……とても仲よくしている〟

シェーン・ヘップワース保安官代理は信用できないと、レッドは判断した。

まったく、かもしれない。

なくなっているものを書き出すのは思った以上に大変だった。ひとつわかるたびに次々と記憶が引き起こされたからでもあったが、長いあいだここで暮らしていなかったことが大きい。

ＪＢはフライフィッシングが大好きだったが、タックルボックス（釣り道具の整理収納箱）が見当たらない。釣り竿の棚には空きスロットが二つあった。ここの竿は盗まれたのか、それとも、二度と釣りができなくなることを知って、ＪＢが売るなり寄付するなりしたのか？

やっとＪＢの寝室までたどり着いた。まずベッドメイキングから始めた。シーツと毛布がはぎ取られ、枕は床に投げ出されていた。卓上の電気スタンドまで放り出されていた。ＪＢの分厚い黒革の聖書だけは元のままナイトテーブルの上にあった。〝彼はこの何カ月かで変わった〟とローレンス牧師は言っていた。〝つい数週間前、わたし自身が洗礼を授けたばかりだ〟と。

ＪＢが病気を治してくださいと神様に懇願するとは思えなかったが、最期を迎える前に〝主と正しい関係を築こうとする〟姿は想像できた。それでも、ＪＢが信仰を新たにしたと聞くだに、もう一度だけでも話がしたかったという思いが強くなった。

ほとんど無意識のうちにレッドは聖書を手に取って、パラパラとページをめくった。ＪＢとの一年目以来していなかったことだ。

彼の記憶にあるとおり、そこには一八四二年に結婚したエイブラハム・ユリシーズ・トンプソンとメアリー・フランシス・ボナーの名前が凝った字体で記されていた。印刷された最終行に〝ジェイムズ・ロバート・トンプソン、一九五六年生まれ〟と、きちんとした筆記体で記されていた。

この項目を完成させるのは自分の役目だ、とレッドは思った。

そのすぐ下に、見覚えのある不安定な筆跡で新しい名が刻まれていた。

マシュー・ジェイムズ・レッド、一九九四年生まれ

自分の名に手で触れたとき、涙で目がかすんだ。

聖書を閉じて、元へ戻す。

この夜の作業が終わりかけたとき、携帯電話が鳴った。

この番号を知っているのは世界で二人しかおらず、一人はこの世にいない。発信者番号は〝非通知〟だった。

慎重な応答に息を無駄にはしなかった。「誰だ？」

「マシュー・レッドさんですか？」

不思議と聞き覚えのある声だった。「質問に答えろ」

「アントン・ゲージと申します。まず、このたびのご不幸を心からお悔やみ申し上げます。お父上には一度しかお会いしていないが、ハンナは心から敬愛していました」

レッドは世界でも指折りの大富豪が自分に電話をかけてきているという事実に一瞬唖然（あぜん）とした。しかし自分はアントン・ゲージの二人の子とファーストネームで呼び合う間柄でもある。「お気持ちはありがたいが、どうやってこの番号を知ったんですか？　これは人に教えていない番号です」

「ハンナが教えてくれました」

ハンナには――あるいはほかの誰にも――この番号を教えていないという確信があったが、医療センターで番号を伝えてきたことを思い出した。ハンナが何らかの圧力をかけて秘密情報を得たのだろう。

「ハンナはあなたのプライバシーよりあなたの状況への懸念を優先したのだと思います」とゲージは続けた。「その点はお詫び申し上げる。ところで、体調はいかがですか？　かなり大きな怪我をされたとか」

「何針か縫っただけです。たいしたことはない」レッドは思わず言い足しそうになった。おれの〝状況〟とはどういう意味か、と。

「それはよかった。もしよかったら、うちのランチハウスで明日ブランチをごいっしょしませんか？　わたしは数日しかこの町にいられず、ぜひあなたにお話ししたいことがあるんです」

「わたしの家を買う話なら――」

「いや、ちがう。その逆です。どうも大きな誤解があったようで、その誤解を解いておきたい。明日、運転手を迎えに行かせてもよろしいですか？　たとえば、午前十一時に？」

億万長者とつるむなんてごめんこうむりたい、とレッドは思った。JBの死を命じたかもしれない息子を持つ億万長者とはなおさらだ。しかし、心ならずも彼は好奇心に駆られていた。

「自分で運転していく」と彼は言った。「道は覚えている」

（上巻終わり）

◉訳者紹介　**棚橋 志行（たなはし　しこう）**
翻訳家。東京外国語大学外国語学部卒。訳書に、ミックル『アフター・スティーブ』、マラディ『デンマークに死す』（以上、ハーパーコリンズ・ジャパン）、グレイシー&マグワイア『ヒクソン・グレイシー自伝』（亜紀書房）、カッスラー『ポセイドンの財宝を狙え！』（扶桑社ミステリー）他。

燎原の死線（上）

発行日　2024年2月10日　初版第1刷発行

著　者　ライアン・ステック
訳　者　棚橋志行

発行者　小池英彦
発行所　株式会社 扶桑社

〒105-8070
東京都港区芝浦1-1-1　浜松町ビルディング
電話　03-6368-8870(編集)
　　　03-6368-8891(郵便室)
www.fusosha.co.jp

印刷・製本　図書印刷株式会社

ISBN 978-4-594-09627-4　C0197